Tucholsky Wagner Zola Scott Sydow Freud Schlegel
Turgenev Wallace Fonatne Fouqué Friedrich II. von Preußen
Twain Walther von der Vogelweide Freiligrath Frey
Weber Kant Ernst
Fechner Weiße Rose von Fallersleben Richthofen Frommel
Fichte Hölderlin
Engels Fielding Eichendorff Tacitus Dumas
Fehrs Faber Flaubert Eliasberg Ebner Eschenbach
Maximilian I. von Habsburg Fock Zweig
Feuerbach Eliot Vergil
Ewald
Goethe Elisabeth von Österreich London
Mendelssohn Balzac Shakespeare Dostojewski Ganghofer
Lichtenberg Rathenau Doyle Gjellerup
Trackl Stevenson Hambruch
Mommsen Tolstoi Lenz Droste-Hülshoff
Thoma Hanrieder
Dach von Arnim Hägele Hauff Humboldt
Verne
Reuter Rousseau Hagen Hauptmann Gautier
Karrillon Garschin
Defoe Hebbel Baudelaire
Damaschke Descartes
Hegel Kussmaul Herder
Wolfram von Eschenbach Schopenhauer Rilke George
Dickens Grimm Jerome
Bronner Darwin Melville Bebel Proust
Campe Horváth Aristoteles Voltaire Federer
Bismarck Vigny Barlach Herodot
Gengenbach Heine
Storm Casanova Tersteegen Grillparzer Georgy
Chamberlain Lessing Langbein Gilm Gryphius
Brentano Lafontaine
Strachwitz Claudius Schiller Kralik Iffland Sokrates
Bellamy Schilling
Katharina II. von Rußland Gerstäcker Raabe Gibbon Tschechow
Löns Hesse Hoffmann Gogol Wilde Vulpius
Luther Heym Hofmannsthal Morgenstern Gleim
Roth Klee Hölty Goedicke
Luxemburg Heyse Klopstock Kleist
Puschkin Homer Mörike
Machiavelli La Roche Horaz Musil
Navarra Aurel Musset Kierkegaard Kraft Kraus
Nestroy Marie de France Lamprecht Kind Kirchhoff Hugo Moltke
Laotse Ipsen Liebknecht
Nietzsche Nansen Ringelnatz
Marx Lassalle Gorki Klett Leibniz
von Ossietzky May vom Stein Lawrence Irving
Petalozzi Knigge
Platon Pückler Michelangelo Kafka
Sachs Poe Liebermann Kock
de Sade Praetorius Mistral Zetkin Korolenko

Der Verlag tredition aus Hamburg veröffentlicht in der Reihe **TREDITION CLASSICS** Werke aus mehr als zwei Jahrtausenden. Diese waren zu einem Großteil vergriffen oder nur noch antiquarisch erhältlich.

Symbolfigur für **TREDITION CLASSICS** ist Johannes Gutenberg (1400 — 1468), der Erfinder des Buchdrucks mit Metalllettern und der Druckerpresse.

Mit der Buchreihe **TREDITION CLASSICS** verfolgt tredition das Ziel, tausende Klassiker der Weltliteratur verschiedener Sprachen wieder als gedruckte Bücher aufzulegen – und das weltweit!

Die Buchreihe dient zur Bewahrung der Literatur und Förderung der Kultur. Sie trägt so dazu bei, dass viele tausend Werke nicht in Vergessenheit geraten.

Knud Tandberg

Amalie Skram

Impressum

Autor: Amalie Skram
Übersetzung: Mathilde Mann
Umschlagkonzept: toepferschumann, Berlin

Verlag: tredition GmbH, Hamburg
ISBN: 978-3-8424-1322-1
Printed in Germany

Amalie Skram

Knud Tandberg

Knud Tandberg lag auf dem Sofa im Musikzimmer. Er streckte seine Glieder, so daß es krachte, ballte die Hände und machte gymnastische Bewegungen mit den Armen, wobei er vor sich hinsummte: »Tralala, fertig für heute; tralala, hinaus, um sie zu sehen!« Bei den letzten Worten, die er mehrmals wiederholte, dämpfte er seine Stimme zu einem Flüstern, zwinkerte mit den Augen und bewegte die Lippen so, wie man mit einem Taubstummen zu sprechen pflegt.

Das Zimmer war geräumig, aber reich möbliert, es hatte ein breites Fenster, das nach der Christian-August-Straße hinausging. Bücher und Musikalien lagen rings umher auf den Möbeln. Ein Notenständer von messingbeschlagenem Ebenholz mit einem aufgeschlagenen Notenheft stand in der Nähe des Fensters. Auf der Chaiselongue lag eine Violine, und auf dem Fußboden, gegen einen Stuhl gelehnt, standen mehrere Bogen. An den Wänden hingen Brustbilder von Grieg und Kjerulf und einigen deutschen Komponisten. Eine mächtige Porträtbüste in Elfenbeinmasse von Richard Wagner auf einer schwarzen Säule füllte die Ecke hinter dem Flügel aus. Der Schreibtisch war mit einem bunten Durcheinander von wunderlichen Kleinigkeiten bedeckt. Im ersten Augenblick konnte man sich nicht so recht klarmachen, was es eigentlich alles war, sah man aber genauer hin, so unterschied man Damenfächer, Pfauenfedern, japanische Pappsachen, kleine, geschliffene Flakons mit Überresten von verschiedenen Essenzen, bunte Bandenden und seidene Schleifen mit vergoldeten Kokarden, die auf Samtkissen befestigt waren, chinesische Dosen und eine Unmenge kleinerer Schnurrpfeifereien. Und inmitten dieses Chaos standen dann urplötzlich ganz vernünftige Dinge, wie Büsten von Björnson und Sverdrup, ein paar antike

Kandelaber und ein hübsches Schreibzeug aus Bronze, mit einer Minervafigur verziert.

Tandberg richtete sich halb auf und schob einen Lehnstuhl fort, der dicht neben seinem Kopf stand, dann zog er einen mit drapfarbenem Peluche und golddurchwirkten Fransen montierten Rauchtisch an dessen Platz, nahm eine Zigarre aus einem auf der unteren Platte stehenden Kasten, zündete sie an, rückte sich den Aschbecher bequem zur Hand, lehnte sich in die Polster zurück und begann zu rauchen, gemächlich und qualmend.

Er sah mit einem träumerischen, halb schalkhaften Blick gerade vor sich hin. Die äußeren Augenwinkel waren dicht zusammengekniffen, und um den kleinen, runden Mund mit der stark nach oben geschweiften Oberlippe lag ein Lächeln, das dem eines Seligberauschten glich.

Er lag da und dachte an Margrete von Falsen und an das Verhältnis, das sich zwischen ihnen entwickelt hatte.

»Tod und Teufel!« rief er plötzlich aus und ließ seine geballte Hand auf die überpolsterte Rücklehne des Sofas fallen.

Zuweilen konnte es ihn überkommen wie eine schwindelnde Angst, wenn er darüber nachdachte, wie wahnsinnig das Ganze im Grunde war. Er, ein verheirateter Mann, und sie, das junge, sorgfältig erzogene Mädchen mit ihrer altadligen, vornehmen Familie und dem strengen, kleinen Staatsrat von Vater!

Aber auf der anderen Seite – welch ein Mädchen! Es war ja nicht zum Aushalten – so wie sie ihn im Sturm genommen hatte – diesmal war er wirklich schuldlos – wenigstens beinahe. – Schön war sie eigentlich nicht, mit der kleinen, lustigen, rundlichen Nase und den schiefliegenden blaugrauen Augen, die übrigens glänzen und strahlen und sich festbohren konnten, so daß es einem durch alle Nerven ging. Und dann besaß sie die bezaubernde Frische der ersten Jugend in ihrer gelbbleichen, schimmernden Haut, in der geschmeidigen Festigkeit ihrer Figur, in ihrem dichten, schwarzglänzenden Haar, in ihren roten, feingezeichneten, ein wenig schmalen Lippen, in den schönen, strahlenden Zähnen, in ihrer weichen, verführerischen Stimme, in ihren tadellosen Händen und Füßen, in ihrem heißen, unbändigen Blut – ja, in jeder Pore ihres herrlichen Körpers.

Er hatte sie zum erstenmal vor ein paar Monaten getroffen, als die Künstler im Saal des Studentenvereins lebende Bilder zum Besten der Hinterbliebenen eines verstorbenen Malers veranstalteten.

Mit genauer Not und nur durch verschiedene Intrigen von seiten ihrer Freunde und Freundinnen war es gelungen, dem Staatsrat die Einwilligung zu ihrer Mitwirkung abzuringen. Tandberg war im Komitee gewesen, er hatte die Kostüme arrangiert und die Damen geschminkt, und bei der Gelegenheit hatte er mit ihr gescherzt und ihr den Hof gemacht, wie das seine Art war, ohne daß er sich weiter etwas dabei dachte.

Alle, die ihn kannten, nahmen es nicht für Ernst. Es kursierten so viele Geschichten, wie er an einem Abend so völlig von einer Dame hingerissen sein konnte, daß er außer ihr nichts sah und hörte und beim Abschied erklärte, das Leben habe keinen Wert für ihn, wenn er sie nicht bald wiedersehen könne – und wie er sie dann bei der nächsten Begegnung oft kaum wiedererkannte. Man erzählte sich sogar, er habe zu verschiedenen Malen ein Stelldichein verabredet und sei dann ausgeblieben, und zwar aus dem einfachen Grunde, weil er es vergessen hatte.

Aber noch immer gab es junge Damen, die sich in ihn verliebten und ihm das auf verschiedene Weise zeigten; anfänglich amüsierte es ihn, gar bald aber fing es an, ihn zu ermüden und zu langweilen.

Dann pflegte er zu seiner Frau zu kommen und zu sagen: »Der kleine, dumme Backfisch hat sich in mich verliebt; hilf mir, befreie mich von ihr, Liebste!« Oder: »Die alte, verrückte Person hat sich etwas in den Kopf gesetzt; wenn wir nun mit ihr zusammentreffen, mußt du mir beistehen.«

Birgit, seine Gattin, schüttelte dann wohl den Kopf und erwiderte: »Du solltest doch endlich einmal aufhören mit der Courmacherei, Knud. Der Krug geht so lange zu Wasser, bis er bricht.«

Und jetzt war Birgits scherzende Prophezeiung in Erfüllung gegangen.

Daß ihm das wirklich passieren mußte! Du großer Gott, wer hatte das gedacht! Obgleich – ja – im Grunde hatte sie ihn vom ersten Augenblick an interessiert.

Die Art und Weise, wie sie seinen Worten gelauscht hatte, und der Blick, mit dem sie ihn ansehen konnte, wenn er sagte, ihr Organ wirke wie »Lieder ohne Worte« – oder, ihr Lachen sei ganz »Wagnerisch«, – so weitoffen, fragend mit einem flüchtigen Schimmer von Angst oder Jubel, der dann plötzlich erlosch, während die Farbe aus ihrem ausdrucksvollen Gesicht schnell wechselte.

Und so wie ihre Augen ihn suchten und fanden, wie weit von ihr entfernt er auch stehen mochte, diese Augen, die flehten und forschten und ihn magnetisch an sich zogen! Wenn er aus der Entfernung unvermutet ihrem Blick begegnete, hatte er die lebhafte Empfindung, als rufe sie ihn.

Und wenn er sie zum Tanz aufgefordert hatte – diese zitternde, elastische Bewegung, mit der sie ihren Arm in den seinen legte! Niemals hatte er eine so strahlende Freude in den Mienen eines Menschen gesehen, und nicht Freude allein – es lag etwas in ihrem Ausdruck, als könne sie plötzlich anfangen zu weinen.

Und dann damals, als er ins Ankleidezimmer kam und sagte, daß der Vorhang für das nächste Tableau in drei Minuten aufgehen würde, und alle auf die Bühne hinausstürzten und sie allein stehen blieb und mit zitternden Fingern an ihrer Tirolerjacke zupfte! Dann hatte er etwas gesagt, daß ihr Haar nicht ganz richtig aufgesteckt sei, und sie hatte ihm den Kopf zugewendet und ihn mit einem Blick angesehen, daß es ihm eiskalt den Rücken hinablief. Er war so wunderbar bewegt, fast verlegen geworden, und um ganz unbefangen zu erscheinen, war er an sie herangetreten und hatte etwas an ihrer Frisur geändert, eine lange Flechte gelöst, so daß sie ihr über den Rücken hinabgefallen war. Dann war er ein wenig zurückgetreten, um sie zu betrachten und hatte zu ihr gesagt: »Sehen Sie in den Spiegel und sagen Sie mir, wie Sie es finden.« Sie aber hatte den Kopf geschüttelt, hatte schwach gelächelt und erwidert: »Es wird wohl gut sein, da Sie es getan haben.« Dann hatte sie sich ihm zögernden Schrittes und mit gesenktem Blick genähert, seine Hand ergriffen und sie an ihre Wange gepreßt; im selben Augenblick aber hatte die Glocke geschellt und pfeilschnell war sie durch die Tür gehuscht, ohne sich umzusehen.

An jenem Abend aber hatte er sich dabei ertappt, daß er, nachdem er nach Hause gekommen war, an sie dachte.

Und dann am Abend der Vorstellung. Was da geschehen war, hatte den Ausschlag gegeben. Zum Schluß hatte man bis spät in die Nacht hinein getanzt. Mehrmals hatte sie zu ihm gesagt, jetzt müsse sie nach Hause, der Wagen habe schon so lange gewartet, er aber hatte sie überredet, noch zu bleiben. Endlich war sie jedoch in die Garderobe gegangen, um sich anzukleiden. Er hatte ihr nicht sogleich folgen können, weil ihn im selben Augenblick einige Damen anredeten, wenige Minuten später aber stand er in der Tür und sah sie auf dem Sofa sitzen, die Hände auf den Knien, das Haupt tief über die Brust gesenkt. Sie machte keine Bewegung, als er sich näherte; es war, als höre sie nicht, daß er kam. Er setzte sich neben sie und sagte in traurigem Ton: »So hat es also heute abend ein Ende?« Sie erwiderte nichts. »Ich will Sie begleiten,« fuhr er nach einer Weile fort, »Sie sollen nicht allein fahren.« – »Meine Jungfer ist da,« antwortete sie tonlos, »sie sitzt im Wagen und wartet auf mich.« – »Ach,« seufzte er, »das ist ja ärgerlich,« – Sie saß noch immer unbeweglich da, mit gesenktem Haupt wie eine geknickte Blume.

»Wollen Sie mir nicht ordentlich Lebewohl sagen?« begann er dann. Sie vergrub ihre Finger krampfhaft in den Falten ihres seidenen Kleides, rührte sich im übrigen aber nicht.

»Es waren schöne Tage,« fuhr er fort, indem er tief aufatmete, – »das Schlimmste ist nur, daß ich Sie so entsetzlich entbehren werde.«

Sie richtete sich hastig auf. »Ist das wahr?« Ihre Stimme klang so wunderlich; sie bebte vor Lachen und Weinen. »Ist das wahr? Ah! Sagen Sie, ob es wahr ist«, wiederholte sie, ihn mit einem Blick ansehend, als hinge Tod und Leben von der Antwort ab.

»Leider ist es nur allzuwahr«, erwiderte er murrend. »Es ist verteufelt dumm, sich so zu verlieben«, fügte er ärgerlich hinzu.

Sie starrte ihn mit großen Augen und leichenblassem Gesicht an. Dann griff sie sich nach dem Herzen und atmete tief auf, gleichsam schluchzend, worauf sie sich erhob, schwankenden Schrittes nach dem Garderobehalter ging und tastend zwischen den Mänteln suchte.

Er erhob sich ebenfalls. »Wollen Sie mir nicht ordentlich Lebewohl sagen?« fragte er. Sie wandte sich mit einer plötzlichen Bewegung um und stand einige Sekunden unschlüssig, kämpfend da. Dann breitete sie schnell die Arme aus, legte den Kopf in den Nacken und warf sich ihm an den Hals, indem sie in ein heftiges Weinen ausbrach. Er preßte sie an sich und küßte sie weich und lautlos auf Hals und Nacken. Dann gab er sie frei, sie nahm ihren Mantel, und er half ihr ihn anziehen: sie drückte ihm die Hand und sah ihn mit dem Blick einer Nachtwandlerin an. Er flüsterte: »Treffen Sie mich morgen abend um sieben Uhr bei Skarpsno.« Sie nickte, er führte sie an den Wagen und wußte selber nicht, wie er die Treppe wieder hinaufgekommen war, und wo er sich eigentlich befand, bis seine Frau an ihn herantrat und sagte: »Was hast du nur, Knud? Du siehst ja aus. als seiest du in einem verzauberten Berg gewesen und könntest dich noch gar nicht recht besinnen, daß du jetzt deine Freiheit wiedererlangt hast.«

Und er hatte so herzlich über ihre Worte gelacht und hatte ihr den Arm gereicht und mit ihr getanzt, und sie hatte nicht geahnt, daß er lachte, weil er glücklich war, ganz außer sich vor Glück und so ausgelassen, voll mutwilliger Freude darüber, daß sie, ohne es zu wissen, eine so treffende Bezeichnung für seinen Zustand gefunden hatte.

Denn genau so, wie seine Frau sagte, verhielt sich die Sache. Alle diese Jahre, die er gelebt hatte, ohne verliebt zu sein, war er in einem verzauberten Berge gefangen gewesen. Es war, als habe er eingeschlossen zwischen Unholden und Erdgeistern gesessen, bis er selber fast zum Geist geworden war. In der Verliebtheit, in der rücksichtslosen, sinnlosen Verliebtheit allein war Leben, ein Leben in Freiheit und im Sonnenlicht, mit einem weiten Himmel über sich und einem endlosen Raum um sich, ein Leben mit pochender Freude in jedem Pulsschlag, mit unerschöpflichen Kräften zu arbeiten, sich zu entwickeln, zu geben und zu genießen.

So war er einstmals in seine Frau verliebt gewesen, aber das war lange her. Die peinliche Leere, die über ihn gekommen war, als er gefühlt hatte, daß es vorbei war! Und wie er sich abgemüht hatte, um den alten Zustand wieder zu erzwingen! Denn er wußte nur zu gut, daß, wenn er Birgit nicht mehr liebte, auch nichts Gemeinsames mehr zwischen ihnen war. Dem einzigen, was Bedeutung für ihn hatte, der Musik, stand sie ganz kalt und verständnislos gegenüber.

Nie war ihm ein so unmusikalischer Mensch begegnet. Und dann hatte sie eine fast verletzende Art, darüber zu reden, als wolle sie allen, die möglicherweise diesen Mangel bei ihr berühren konnten, ein für allemal den Mund schließen.

Er war melancholisch und mißmutig geworden, war oft ungereimt, mürrisch und lebensüberdrüssig gewesen, Pessimist mit lichten Momenten, wie Birgit ihn nannte.

In dieser Periode hatte er ein spanisches Lied in Musik gesetzt, das er während des Winters, den er vor seiner Verheiratung im Auslande zugebracht, in Madrid erlernt hatte:

>>Porgué volveis à la memo ia mia
Tristes reduerdos del placer perdido?
Porgué la anciedad y agonia
De esta desierta corayon heriodo?<<

Was kehrt ihr denn zu mir zurück.
Traurige Erinn'rungen an ein verloren Glück?
Was soll die Angst in dem verlass'nen, wunden Herzen
Was soll'n der Kampf, die bittern Todesschmerzen?

Und dann war er auf einmal vergnügungssüchtig geworden, hatte alle Lust Zur Arbeit verloren. Er hatte während der letzten vier Jahre nicht das geringste komponiert, ausgenommen einige kleine Lieder, die keinen weiteren Wert hatten. Er war nicht dazu imstande, es war ihm ganz unmöglich. Er war vollständig zu einer Maschine geworden, die den Zuschuß an Einnahmen einbrachte, der notwendig war, wenn die Zinsen des Vermögens ausreichen sollten.

Und dann ging er umher und machte den Damen die Cour – Pfui! Er konnte dem Ganzen die Zunge ausstrecken! – Wie er sich anstellte und gebärdete, um einer pikanten Stunde, um eines flüchtigen Zeitvertreibes willen mit diesen übrigens oft ganz unbeschreiblich süßen, amüsanten, kleinen Vögeln, die gleichsam auf der Wippe saßen; man brauchte nur mit dem Finger daran zu rühren, so hüpften sie schon herab und ließen sich fangen.

Und diese dreißigjährigen Frauen, die ein übermäßiges Entgegenkommen bewiesen, wenn man sie nur ansah und die ganz voll waren von Vertrauensdrang und Lüsternheit, etwas von dem zu erleben, was sie in den französischen Romanen lasen.

Er mußte bei dem Gedanken lachen. Was hatte er doch alles erlebt! Es war doch immer etwas dabei, was sich des Mitnehmens verlohnte.

Jetzt aber –

Eine Woge von Glückseligkeit durchströmte ihn, wenn er an den Unterschied dachte. Die Genien des Glückes, der Freude, der Liebe hatten alle ihr Füllhorn über ihn ausgeschüttet. Auf der ganzen Welt gab es keinen Sterblichen, der ein so großes Glück sein eigen nannte wie er.

Großer Gott! Wie vernichtend süß es doch war!

Zum Beispiel das erste Stelldichein da draußen bei Skarpsno: Wie ängstlich hatte sie sich an ihn geschmiegt, ohne ein Wort über die Lippen bringen zu können. Er hatte versucht, sie zu beruhigen, und hatte sie gefragt, ob sie den Schritt bereue, auf den sie sich eingelassen hatte. Da aber hatte sie energisch den Kopf geschüttelt und erwidert, sie habe sich nur geängstigt, daß er möglicherweise ausbleiben könne. Und wie sie ihn unter den Bäumen geküßt und ihm versichert hatte, daß sie, selbst wenn ihre Eltern und ihre Geschwister und die ganze Stadt mit den Fingern auf sie zeigen würden, ihn dennoch lieben und ihm angehören wolle für alle Zeit und Ewigkeit! Und alles, was sie ihm erzählt von den Kämpfen, die sie durchgemacht, ehe sie sich klar darüber geworden, daß das, was so urplötzlich über sie gekommen war, die Liebe sei. Dann aber habe sie zu sich selber gesagt: Wenn er dich nur ein einzigesmal in seine Arme schließen, dich an sein Herz pressen und dich küssen will, so willst du mit deinem Leben dafür büßen. – Und – er mußte lachen – wie sie ihn bei der Schulter gepackt, ihn geschüttelt und gerufen hatte: »Glaubst du das nicht? Glaubst du das nicht? Ah! Du sollst es sehen.« Ja, da war kein Anfang und kein Ende, kein Ziel und keine Grenzen – Margrete war zu entzückend!

Und als er sie so geschickt bei seiner Mutter und seinen Geschwistern und natürlich auch bei sich selber eingeführt hatte – ihre bezaubernde Keckheit, ihr Talent, sich in die Situationen hineinzufinden und sie zu beherrschen, und zwar so, daß er aus tausenderlei

Kleinigkeiten doch immer herausfühlte, daß ein unsichtbarer Feuerstrom von ihr zu ihm herüberging!

Es war eine herrliche Zeit gewesen, diese verflossenen Monate. Und das beste war, daß er mit jedem Tag, der verging, immer verliebter wurde. Es war doch das beste auf der Welt, so völlig von einem weiblichen Wesen erfüllt zu sein. Zu welch einem Jubel gestaltete sich das Leben, wenn es eine solche Liebe enthielt!

Wenn er nur frei gewesen wäre, so daß er nicht nötig gehabt hätte, eine andere um ihretwillen zu hintergehen! Das war so peinlich und unschön. Er litt unter dem Gedanken an den Verrat, den er gegen seine Gattin übte. Und dann war Margrete auch viel zu gut, um dem verdächtigen Klatsch ausgesetzt zu werden, den ein geheimes Liebesverhältnis, und noch obendrein mit einem verheirateten Manne, im Gefolge haben mußte. Wie viele Demütigungen und Unannehmlichkeiten hatte sie nicht schon erdulden müssen! All dies Gerede und diese Gerüchte, die über sie im Umlauf waren, und die bis an das Ohr der Eltern gedrungen waren! Bis dahin hatte sie sich herauszureden gewußt, hatte sie es verstanden, den Verdacht ihrer nächsten Angehörigen zu beschwichtigen; aber das hatte Mühe gekostet. Dies Gewebe von Lügen und Vorwänden, in das sie sich hatte einspinnen müssen, um die Stelldichein zu ermöglichen, und das bei der geringsten Gelegenheit, der leisesten Unvorsichtigkeit zerreißen mußte! Sie hatte den Diener bestechen müssen, der sie zu holen pflegte, wenn sie allein aus war.

Und wenn ihre Eltern nun durch irgendeinen Zufall das Verhältnis entdeckten? – Ihr Vater würde sie ohne Gnade und Barmherzigkeit aus dem Hause jagen, und was sollte dann aus ihr werden? Sie bewegte sich fortwährend, wie sie sich selber zuweilen mit einer komisch bedenklichen Miene ausdrückte, auf einer unsicheren Planke, die über einem Abgrund lag und jeden Augenblick in die Tiefe hinabstürzen konnte. Aber das war ihr einerlei. Stürzte sie, so stürzte sie.

Ja, sie war wirklich ein Mädchen, das lieben konnte, so daß es eine Art hatte. Und er stand ihr nicht nach darin. Gott weiß, er konnte in Wahrheit sagen, daß seine Gefühle ebenso echt waren wie die ihren. Er glaubte ja – ach Unsinn! Er *wußte* es ja, daß – – nun, er war eigentlich zu alt, um eine Redensart wie »fürs ganze Leben« in den

Mund zu nehmen, aber er tat es trotzdem. Das war ja das bezaubernd Herrliche bei der Sache, daß er wieder ganz jung geworden war, so ganz ausgelassen, wahnsinnig jung, daß er, der Himmel war sein Zeuge, gern eine neue Ehe eingegangen wäre, wenn es kein Hindernis gegeben hätte – er, der sooft behauptet hatte, die Ehe sei ein übertünchtes Grab, in dem selbst die innigste Liebe welken und verdorren müsse! Er hatte ja Beispiele genug, denn wenn es nur mit ihm allein der Fall gewesen wäre, so hätte er schweigen müssen, – er war nun einmal so ein unersättlicher Künstlerleib, der sich an der alltäglichen Kost nicht konnte genügen lassen – aber es ging ja überall so. Was wurde denn in den besten Fällen aus den Ehen? Ein mattes Gefühl für einander, ein gewohnheitsmäßiges Auswechseln von lauen Liebkosungen. Ja, ja, und dann natürlich die Rücksichten, welche die Kinder und die gemeinsamen ökonomischen Interessen erheischten! Und trotzdem, obwohl er dies alles wußte und keinen Augenblick daran zweifelte, daß es so war – was hätte er nicht dafür gegeben, wenn er sie zu seiner Gattin hätte machen können! Aber das war ja, wenn auch nicht völlig, so doch fast unmöglich. Sie auf dem Wege einer Scheidung erringen? Er fürchtete, daß er weder den Mut haben würde, anzufangen, noch die Energie, es durchzusetzen. Und dann die Auflösung des ganzen heimischen Nestes. Das war gerade kein verlockender Gedanke für ihn. Er hatte sich dort ja während all dieser Jahre so warm und gemütlich gefühlt; er hatte sich daran gewöhnt, sich sein Heim in dieser Gestalt vorzustellen.

Und dann alles das, was eine Scheidung unvermeidlich im Gefolge hat, der Skandal, der Pranger, das Spießrutenlaufen durch Klatsch und Verleumdungen, und der Schrecken und die Spaltung in der Familie, die ein solcher Schritt mit sich führen mußte, und alle die Beschwerden, bis die Sache endgültig geordnet war! Nein, er brachte es nicht fertig.

Und dann konnte er sich auch der Kinder und Birgittes wegen nicht dazu entschließen.

Aber es war eine verteufelte Feigheit. Wenn es nur nicht schließlich so kam, daß Margrete – ja, sie war ein Prachtmädel, diese Margrete, so kernig und urkräftig.

Wenn er an ihren Blick und ihre Miene dachte, als einmal darüber gesprochen wurde, wie unwürdig es von einer jungen Frau ihrer gemeinsamen Bekanntschaft sei, ihre Ehe fortzusetzen, obwohl sie sich nicht das Geringste aus ihrem Manne machte und sogar einen Liebhaber hatte, dann wurde ihm ganz ungemütlich zu Sinne; und wenn er sich die Stimme zurückrief mit der sie schließlich gesagt hatte: »Ja, ist es denn aber nicht ebenso unwürdig, wenn ein Mann das tut?« so empfand er das Bedürfnis, sich die Ohren zuzuhalten.

Und dann ein andermal, als sie wissen wollte, was für ein Verhältnis eigentlich zwischen ihm und Birgit bestehe. Ach, wie deutlich er die forschenden, furchtsamen Augen sah und die ein wenig zaghafte, flehentlich einschmeichelnde Stimme hörte, die so gar nicht ihrer gewöhnlichen glich, diese kurzen, nervösen Sätze, mit denen sie wohl zum zwanzigstenmal einen Anlauf genommen hatte: »Du, da ist etwas, was du mir sagen mußt, Knud«, – und wenn er dann geantwortet hatte: »Alles, was du willst, Geliebte«, dann hatte sie geschwiegen, mit seinen Fingern gespielt und seine Nägel betrachtet, und wenn er es dann aus ihr hatte heraus haben wollen, war sie zurückgewichen und hatte gesagt, es habe Zeit bis zu einem andernmal, bis er sie zuletzt fast hatte zwingen müssen, mit der Sprache herauszukommen.

Wie bitterlich hatte sie nicht an jenem Abend geweint, als die Antwort nicht ganz so ausgefallen war, wie sie erwartet hatte. Sie barg den Kopf an seiner Brust, schlang die Arme um seinen Hals, während ihre Brust stürmisch auf und nieder wogte. Weswegen behaupteten denn alle Menschen, daß er sich nicht das geringste aus seiner Frau mache, daß sie gar nicht miteinander lebten, und sie ihm gestatte, den Hof zu machen, wem er wolle. Ob er denn glaube, daß sie jemals dazu gekommen wäre, sich in ihn zu verlieben, wenn sie das nicht angenommen hätte? Wie konnte er ihr nur zutrauen, daß sie einen Mann lieben und sich von ihm lieben lassen könne, der eine Frau habe? – Ach, sie möchte sich totweinen! Aber logen die Gerüchte nicht, von denen sie lange, ehe sie ihn gekannt hatte und auch nachher noch gehört, und die ihn als schrecklichen Don Juan bezeichneten.

Und dann hatte sie seinen Kopf zwischen beide Hände genommen und ihn geschüttelt und gesagt, das *solle*, das *dürfe* nicht wahr sein, wobei ihr die Tränen unablässig die Wangen hinabgelaufen waren.

Es hatte Mühe gekostet, bis er sie an jenem Abend beruhigt und ihr Vernunft eingeredet hatte; schließlich aber war es ihm gelungen. Sie hatte den Kopf in seinen Schoß gelegt und gesagt: »Knud«, mein Geliebter, es ist alles gut und schön.«

Und das war es ja auch, aber es hätte besser sein können, wenn – wenn – wenn – Ihm graute vor ihrer Zukunft. In rein bürgerlichem Sinne wäre sie tausendmal glücklicher gewesen, wenn sie ihn nie kennen gelernt hätte, denn was konnte nicht alles geschehen – du großer Gott, ihm wurde ganz heiß und kalt bei dem Gedanken. Aber sie entbehren – sie und das neue Leben, das sie ihm geschaffen, – nicht um eine Kaiserkrone – nicht um Ruhm und Künstlerehre, nicht um alles Gute oder Schlechte dieser Welt!

Ein Geräusch an der Tür, und eine zarte Kinderstimme, die ihn rief, störten ihn in seinen Betrachtungen.

»Bist du es, Ejnarmann? Nun komme ich und mach' dir auf.« Er erhob sich und ging durch das Zimmer, vorsichtig die Hände vor sich ausstreckend, um nichts umzustoßen in der unsicheren Mondbeleuchtung, die auf den Fußboden fiel und an den merkwürdigsten Stellen die verwirrendsten Schalten zeichnete.

»Hier ist ein Brief für dich, Papa!« sagte ein dreijähriger, blondgelockter, kleiner Bursche.

Der Kleine führte die Hand an die Stirn und ahmte den Gruß und die Bewegung eines Postboten nach.

Tandberg brach in ein herzliches Gelächter aus. Dann ergriff er den Knaben, hob ihm auf, hielt ihn von sich ab und schüttelte ihn, daß Arme und Beine zappelten.

»Ich will dich schon kriegen, du kleiner Schelm! Also du kannst Postbote sein, du! Wie war es doch noch? Zeig es mir noch einmal!« bat er und setzte ihn nieder.

Der Kleine wiederholte sein Kunststück gleich noch einmal mit einer so drolligen Armbewegung und einem so köstlichen Tonfall, daß Tandberg laut auflachte.

Dann öffnete er den Brief und las ihn beim Schein der Hängelampe, die im Eßzimmer brannte.

Er war von einer Schönheit, welche die erste Jugend bereits hinter sich hatte, einer Witwe, der er vor einigen Tagen in einer Gesellschaft infolge einer Verabredung mit Margrete den Hof gemacht hatte, um den Leuten Sand in die Augen zu streuen. Jetzt schrieb sie, daß sie Lust habe, ihre frühere Fertigkeit im Klavierspiel ein wenig aufzufrischen, wenn er ihr die Ehre erweisen und ihr allwöchentlich eine Musikstunde geben wolle.

»Pfui Teufel!« murmelte er mit einer Grimasse.

»Obwohl, schließlich« – er flötete ein wenig – »es mag im Grunde ganz zweckmäßig sein.«

»Papa, Eja Bilder zeigen«, hatte das Kind mehrmals wiederholt, während Tandberg den Brief las, indem es ihn mit den kleinen, rundlichen Fingern am Rockschoß zerrte.

»Hab' keine Zeit, Ejnarmann«, sagte Tandberg in einem tief beklagenden Tone, dann kehrte er in sein Zimmer zurück und zündete die Lampe an.

Aber Ejnar folgte ihm und ließ nicht nach, zu betteln.

»Geh zur Mama, mein Junge!« erwiderte Tandberg und strich ihm liebkosend mit der einen Hand über den Lockenkopf, während er mit der andern den Schirm über die Lampe setzte.

»Mama scheibt Bief«, sagte das Kind, hoffnungslos den Kopf schüttelnd.

»Ja, dann mußt du ins Kinderzimmer, hier kannst du nicht bleiben.«

»Nein, nich in Kinderzimmer«, weinte er und stampfte mit den kleinen Füßen. »Estid is häßlich und Dadda schilt, wenn wir Brüderchen necken. Papa soll Eja Bilder zeigen.« Er ergriff die eine Hand des Vaters, küßte und streichelte sie, unablässig seine Bitte wiederholend.

»Nein, Junge, jetzt darfst du mich nicht länger quälen«, fügte Tandberg und zog die Hand so plötzlich zurück, daß der Kleine hintenüber fiel und sich mit einem Knall auf den Fußboden setzte.

Ein erschreckter Seufzer entrang sich seiner Brust, und er schaute den Vater mit einem so rührenden, vorwurfsvollen Blick an, während er sich nicht vom Fleck rührte und die Handflächen gegen den Fußboden stemmte, daß diesem ganz weich ums Herz wurde. »Auf mit dir, Junge!« rief er und hob ihn mit einem Schwunge auf seinen Nacken, so daß ihm die beiden Beine des Kleinen über die Brust herunterhingen.

»Braver Bursche, der Ejnar! Er schreit nicht, wenn er fällt. Hopp, hopp, Reiter! Fall nur nicht herunter!« Und er galoppierte im Zimmer auf und ab, während Ejnar mit den beiden Fäusten in sein Haar griff und lachte, daß es nur so in ihm gluckste.

»So«, sagte er dann, ihn vorsichtig auf einen Stuhl niedersetzend, während er kurzluftig nach dem Ritt keuchte. »Nun sollst du das Buch haben, dann kannst du dir selber die Bilder zeigen, während Papa schreibt, aber sobald Papa damit fertig ist, muß Ejnarmann gehen.«

Er holte einen eingebundenen Jahrgang der Illustrierten Zeitung und schlug mitten darin auf.

»Da sind Soldaten, und da ist der General, und da sind alle Truppen«, – Tandberg zeigte schnell mit dem Finger hier und dort auf das Bild – »und hier steht Ejnar und hilft dem armen, alten Mann, der vom Pferd gefallen ist, und da kommt Estrid mit einem Kuchen gelaufen, und da oben im Fenster steht Mama und winkt, und dann trägt Ejnar den Mann nach Hause und legt ihn ins Bett, und dann wird der arme, alte Mann wieder gesund, und dann kommt seine Mama und sein kleiner Junge und sagen: ›Hab Dank, du lieber, kleiner Ejnar!‹ So, nun setz dich hierher, nun kannst du selbst weiterblättern.«

Und das Gesicht dicht über das Buch gebeugt und mit emsig geschäftigen Fingern begann nun Ejnar ein langsames Selbstgespräch in singendem Ton, zwischen jedem Wort nach Luft schnappend: »Da sind die Soldaten, und da is der Deneral, und da sind die Tuppen« und so weiter, die Worte des Vaters einmal über das andere wiederholend. Indessen zündete Tandberg die Lichter auf dem Schreibtisch an und setzte sich hin, um den Brief der Witwe zu beantworten.

Plötzlich erklangen im Nebenzimmer hastige, trippelnde Schritte, die Tür wurde aufgerissen, und ein kleines Mädchen mit fliegendem Haar und Strümpfen, die ihr bis auf die Knöchel herabgeglitten waren, lief über die Schwelle.

»Darf ich nicht auch bei Papa sein, wenn Ejnar hier ist?« rief sie. »Nicht wahr, Papa, das darf ich doch?«

Behende und leicht wie ein Vogel war sie auf sein Knie gehüpft und hatte ihren einen Arm um seinen Nacken geschlungen, während sie mit der andern Hand die Strümpfe in die Höhe zog und am Beinchen kratzte.

»Na, na, na, nicht so gewaltsam, Estrid!« fügte Tandberg. »Sieh, was für einen Klecks du mir da aufs Papier gemacht hast. – Was tust du da, Herzchen? Pfui! Wer wird sich wohl so kratzen!«

»Es juckt so schrecklich, Papa!« rief sie mit ihrer unglaublich schnellen Stimme aus und kniff die Zähne und die Augen voller Wohlbehagen zusammen, während sie in ihrer Beschäftigung fortfuhr.

»Und so naß und unsauber, wie deine Schürze ist! Du machst mich ja ganz schmutzig, Kind! Hast du wieder im Wasser geplantscht?«

»Nur ein ganz klein wenig, Papa!« Sie legte den Kopf auf die Seite, zog ihn am Bart, um ihm in die Augen zu sehen, und lachte leise und einschmeichelnd.

»Du weißt, daß ich dich nur sehen will, wenn du rein und ordentlich bist«, sagte Tandberg, sie auf die Erde setzend. »Du siehst ja aus wie der ärgste Straßenjunge!«

»Ich wollte mich waschen, weil ich so schwarze Hände hatte«, erklärte sie. »Darf ich mich nicht waschen, wenn ich schmutzige Hände habe?« Sie zog die Augenbrauen hoch und sah ihn verschmitzt an.

Er fuhr sich mit der Hand über den Mund, um ein Lächeln zu verbergen, und sagte, daß sie augenblicklich ins Kinderzimmer gehen solle.

»Estid unatig!« sagte jetzt Ejnar, einen Augenblick von seinen Bildern aufschauend. »Pfui, säm dich!«

»Hi, hi, hi!« greinte Estrid, indem sie ihm die Zunge ausstreckte und ihren Vater ins Haar zauste.

Da erhielt sie einen Schlag auf die Finger, und als sie merkte, daß es ernst war, wurde sie dunkelrot vor Scham und Kränkung: einen Augenblick stand sie ganz ratlos da. Plötzlich sprang sie auf Ejnar zu, entriß ihm die Illustrierte Zeitung, obgleich er schrie und sie mit beiden Händen festhielt, warf sie an die Erde und fuhr wie ein Pfeil zum Zimmer hinaus, alles in so blitzschneller Fahrt, daß Tandberg kaum Zeit hatte, sich zu erheben.

»Sie ist verrückt, die Estrid!« rief Tandberg aus, indem er Ejnar das Buch wieder hinlegte. Der Kleine hörte sofort auf zu schreien, schluchzte noch ein paarmal nach dem Weinen und fing wieder an, sich mit seinen Bildern zu beschäftigen.

Gleich darauf trat Frau Tandberg ins Zimmer.

»Was hast du Estrid getan, Knud? Sie heult und weint, als sei sie durchgepeitscht.«

»Frage lieber, was sie getan hat«, erwiderte Tandberg. »Es ist ganz entsetzlich, wie unartig das Kind wird. Und wie abscheulich sie mit Ejnar umgeht!« Und dann erzählte er ihr, was sich zugetragen hatte.

»Hm, ja, das sieht ihr ähnlich«, meinte Frau Tandberg. »Aber ein so nervöses, kleines Ding kann nicht so hart genommen werden wie andere Kinder, du bist zu unduldsam gegen sie, Knud.«

»Das bin ich, weiß Gott, nicht, Birgit«, erwiderte Tandberg mit müder Stimme.

»Ja, das bist du, Knud! Und soll ich dir sagen, weshalb sie dich stets reizt! Aus dem einfachen Grunde, weil ihr Temperament dem deinen, oder vielmehr dem aller Tandbergs, gleicht.«

»Nein, aber du erziehst sie ganz verkehrt, wenigstens meiner Ansicht nach«, sagte Tandberg gleichsam vor sich hin, während er mit dem Radiermesser den Tintenklecks von dem unvollendeten Brief zu entfernen suchte. »Darüber wollen wir uns aber nicht streiten, Birgit, denn es kommt doch nichts dabei heraus.«

»Ich würde dir gern ihre Erziehung überlassen, Knud, wahrhaftig, das wollte ich!«

Frau Tandberg ging im Zimmer auf und nieder, die Hände in die Seite gestemmt, die Brust stark vorgestreckt. Ihre Taille war so schlank, daß die langen, dünnen Finger sie fast umspannen konnten. Sie trug ein schwarzseidenes Kleid, dessen enganschließender Schnitt im Verein mit den cremefarbenen Spitzen an Hals und Händen ihre elegante Hebeerscheinung vorzüglich kleidete. Das Kleid war schick und modern, aber ein wenig blank getragen, und der untere Plissé war am Rande durchgestoßen. Der Rock war ziemlich kurz, und das konnte die schöne Dame sehr wohl vertragen, denn sie hatte feine Knöchel und hübsche Füße mit hohem Spann; auch waren ihre Schuhe und Strümpfe tadellos und fein.

»Ja, wenn ich ebensoviel Zeit hätte wie du«, entgegnete Tandberg gleichgültig, die Feder eintauchend und weiterschreibend.

»Du hast stets Zeit zu allem, wozu du Zeit haben willst, mein Freund«, bemerkte Birgit in gereiztem Ton.

»Nun, du kannst doch wohl nicht von mir verlangen, daß ich sie heil und rein halten soll«, fuhr Tandberg halb mürrisch, halb begütigend fort. »Denn das Schlimmste bei ihr ist eigentlich, daß sie immer aussieht wie ein Straßenkind.«

»Darüber kannst du dich ja mit deiner geliebten Rille verständigen«, sagte Birgit abwehrend. »Wenn du nicht so eifrig dagegen protestiert hättest, würde ich der alten Trödelliese längst ihren Laufpaß gegeben haben.«

»Ja, es ist mir nun einmal zuwider, stets neue Gesichter um mich zu sehen«, entschuldigte sich Tandberg. »Übrigens, wenn du dich nur ein wenig mehr um diese Sachen bekümmern wolltest, Birgit –«

»Ich sage gerade so wie du: ›Dazu habe ich keine Zeit!‹« erwiderte sie, einige wiegende Tanzschritte machend, worauf sie in ihre frühere Stellung zurückfiel.

»Um dieser elenden Malerei willen? Nimm mir's nicht übel, Birgit, aber das ist ja nichts als die allerschwächste Dilettantenarbeit!« Er wandte sich nach ihr um, die Feder in der Hand haltend und mit einer Miene, als gewähre es ihm einen wahren Hochgenuß, ihr das zu sagen.

»Nun ja«, erwiderte sie, »den Kopf in den Nacken werfend, so daß sich die dichten Stirnlocken bewegten. »Es ist auch ein Grund mehr, weil mir der Unterricht bei Jamborg Vergnügen macht, übrigens verdiene ich auch Geld damit, und ich kann nicht einsehen, weshalb ich das nicht mitnehmen soll.«

»Du verdienst Geld? Das ist das erste, was ich höre«, sagte er in spöttischem Tone.

»Du glaubst wohl, daß nur Klaviergeklimper und Violingekratze etwas einbringt?« entgegnete sie spitz. »Übrigens, selbst wenn ich nicht malte, würde ich trotzdem keine Zeit haben, mich meines Hauswesens anzunehmen.«

»Dazu würdest du keine Zeit haben?« fragte er trocken.

»Es geht mir in diesem Punkte genau so wie dir«, fuhr sie in immer herausfordernderem Tone fort. »Du lebst ausschließlich für deine Musikgeschichten und dein Amüsement. Daß du Frau und Kinder hast, das ahnst du kaum.«

»Ich glaubte, die Musik sei meine Arbeit«, bemerkte er in demselben ruhigen Tone.

»Ja, ebenso wie mein Malen.«

»Nein, Birgit, wie kannst du nur ...« rief er lachend aus. »Dazwischen ist denn doch ein ganz verteufelter Unterschied.«

»Du weißt ja, daß ich niemals imstande gewesen bin, etwas Besonderes und Erhabenes in deiner Hantierung zu sehen«, erwiderte sie, die Augenbrauen in die Höhe ziehend. »Und deswegen mußt du Nachsicht mit mir haben, wenn ich den Unterschied nicht einsehen kann.«

»Hab die Güte und schweig jetzt nur einen Moment still. Es ist mir nicht möglich, einen Schluß zu dieser Schmiererei fertigzubringen.«

Sie tat, wie er wünschte, marschierte aber im Zimmer auf und ab.

»Da is der Deneral, und da is Mama am Fenster, und da tommt Eja und trägt den alten, armen Mann«, ertönte es aus der Ecke, wo Ejnar saß, der unverdrossen damit beschäftigt war, den Text zu seinen Bildern herzusagen.

»So, endlich«, rief Tandberg aus, die Feder hinlegend. »Ach, schau einmal hierher, Birgit, schadet es wohl etwas mit dem Klecks da? Ich mag den Brief wirklich nicht noch einmal abschreiben.«

»Das kommt darauf an, an wen der Brief gerichtet ist«, antwortete Birgit, nähertretend.

»Liebe Frau Guve!« las Birgit. »Es wird mir eine Ehre sein, Ihnen den gewünschten Unterricht zu erteilen. Ich muß Ihnen doch gestehen, daß ich meine Bedenken gehabt habe; denn nach allem, was man sich erzählt, soll es ja mit Gefahren verknüpft sein, Ihren schönen Augen zu nahe zu kommen. Ich erhielt neulich abends eine Ahnung, was es heißt, zu tief in diese Augen zu sehen, aber wenn ich nun trotzdem mit Todesverachtung darauf losgehe – Nein, Knud!« unterbrach Birgit ihre Lektüre mit einem kurzen, trockenen Lachen, »ein Tintenklecks in einem Brief mit so viel schönen Redensarten! Das stört den ganzen Eindruck. Den mußt du natürlich abschreiben.«

»Ach was, ich tu's nicht«, rief Tandberg aus, ebenfalls lachend. »Der ist gut genug für die Alte, so wie er ist.«

Und damit steckte er den Brief in einen Umschlag und schrieb die Adresse darauf.

»Pfui, Knud, daß du dich nicht schämst, in deinem Alter noch solche Abgeschmacktheiten in den Mund zu nehmen!« Sie stand vor ihm, die Hände auf dem Rücken und sah ihn unwillig an. »Wann wirst du dir denn endlich einmal die Hörner abgelaufen haben?«

»Es ist ja nur Scherz«, sagte er in mürrischem Ton.

»Aber du kannst überzeugt sein, daß sie es für bare Münze nimmt.«

»Freilich, denn sonst wäre ja kein Spaß bei der Sache«, entgegnete er, schelmisch mit den Augen zwinkernd.

»Es ist deiner unwürdig, Knud«, rief sie aus, ihm energisch zunickend. »Du weißt, ich bin nicht eifersüchtig, dazu bin ich zu wenig in dich verliebt, aber ich finde, es ist so – – ja, offen gestanden, so widerwärtig, daß du Vergnügen daran findest, mit jeder Dame anzubinden, genau so wie eine leichte Dirne!« Sie drehte sich auf den Absätzen herum und fing wieder an, mit in die Seite gestemmten Händen im Zimmer auf und ab zu gehen.

»Großer Gott, ein klein wenig Amüsement muß der Mensch doch haben. Das kann doch nicht schaden.«

»Dir kann es vielleicht nicht schaden, obwohl du meiner Ansicht nach genug Unannehmlichkeiten gehabt hast, – mit den Damen ist es aber eine andere Sache. Kannst du wissen, welchen Schaden sie davon haben? Ich denke dabei nicht an Frau Guve und ihresgleichen, – aber zum Beispiel ein junges Mädchen wie Margret von Falsen! Ich bin fest überzeugt, du änderst dich nicht, bevor du ein Unglück angerichtet hast.«

»Unsinn!« erwiderte er, indem er sich über den Brief beugte, um die Freimarke aufzukleben.

»Laß uns einmal den Fall setzen, daß sie sich allen Ernstes in dich verliebte – es wäre unrecht um so ein Kind, denn du könntest ihr ja nichts zum Ersatz bieten, womit ihr gedient wäre!«

»Ach, was«, sagte er und wühlte in der Schreibtischschublade, um sein Gesicht ihren Blicken zu entziehen. »Ja, ja, Knud! Du sollst nicht so leichtsinnig sein, mein Freund! Es kann dir gar nicht so schwer werden, es zu lassen, denn es ist nur eine schlechte Angewohnheit bei dir. Und,« fügte sie mit einer nachdrücklicheren Betonung hinzu, »ich würde überhaupt nicht davon reden, wenn es sich um eine wahre Liebe handelte, die du für irgendeine Bestimmte hegtest, aber diese widerwärtigen Liebeleien –«

»Und doch würdest du das wohl – hm«, er räusperte sich stark und fuhr dann mit seiner immer etwas belegten Stimme noch unklarer als sonst fort: »Doch würdest du das wohl, wenn es schließlich so weit wäre, noch weniger verzeihen können.«

»Mein Gott, ja, freuen würde ich mich nicht gerade darüber! Aber welchen Zweck würde es wohl haben, wenn ich mich wie eine Rasende gebärden wollte?« erwiderte sie, ganz eifrig werdend. »Sei du nur immer ehrlich gegen mich«, fügte sie ruhiger hinzu. »Ich hasse den Gedanken, betrogen zu werden.«

Tandberg sah nach der Uhr und erhob sich schnell.

»Das war eine tüchtige Dosis Schelte«, sagte er mit einer Miene, als amüsiere er sich darüber, dann ging er zur Tür.

»Willst du ausgehen?« fragte sie.

»Ja«, erwiderte er kurz.

»Du bist wohl zum Tee zurück! Du weißt, deine Mutter kommt heute abend.«

»Ich kann es nicht mit Bestimmtheit sagen«, lautete seine Antwort. »Aber wenn du nur zu Hause bist, hat es wohl keine Not.«

»Wohin gehst du denn?« fragte sie.

Er verzog den Mund ein klein wenig, als wenn ihn die Frage ärgere, und antwortete dann kurz: »Zur Konzertprobe.« Damit ging er zur Tür hinaus.

Birgit machte eine Bewegung, als wolle sie ihm folgen, dann gab sie den Plan aber auf und ging statt dessen zu Ejnar, den sie auf den Schoß nahm und mit dem sie zu plaudern begann.

Bald darauf kam Tandberg aus dem Schlafzimmer zurück, wo er Toilette gemacht hatte. Er trat an den Schreibtisch, nahm ein Flakon und goß einige Tropfen der darin enthaltenen Essenz auf seinen Rockaufschlag. Dann löschte er die Lichter, ließ Ejnar artig »Gute Nacht« sagen, nickte Birgit zu und ging.

Birgit nahm Ejnar auf den Arm und trug ihn in das Kinderzimmer, wo das Mädchen gerade im Begriff war, den Kleinsten zu baden, während Estrid vor der Badewanne auf den Knien lag und im Wasser plätscherte, um zu helfen.

»Willst du den Hexentanz tanzen, Mama?« rief Estrid, als sie ihre Mutter erblickte und sprang ihr entgegen, in die nassen Hände klatschend.

»Nein, heute abend nicht, Mama hat Kopfschmerzen«, erwiderte sie, indem sie Ejnar niedersetzte.

»Ach ja, Mama! Kannst du nicht? Nicht den ganzen Tanz, nur so ein ganz, ganz kleines bißchen.« Sie legte den Kopf auf die Seite und zeigte mit den Fingern, wie wenig es nur sein brauche, dabei machte sie ihre Stimme so einschmeichelnd wie möglich. »Ach, tu es doch, Mama, süße Mama, es ist so lange her.«

»Und Eja auch tanzen!« rief Ejnar und strahlte vor Freude bei dem Gedanken.

»Wir haben ja aber gar keine Hexe!« sagte Birgit in einem Ton, als bäte sie um Gnade.

»Ich kann ihn ja gut einwickeln und so lange still mit ihm sitzen«, schlug das Mädchen vor.

»Ja, ja!« riefen die Kinder, und Estrid lief zum Ofen, wo das Badetuch hing.

»Nein, laß das, Estrid«, wehrte Birgit. »Wir können lieber deine größte Puppe nehmen und ihr eine von den ganz kleinen auf den Schoß geben als Königskind; das geht sehr gut.«

»Ja, das geht sehr gut«, wiederholte Estrid mit Nachdruck.

»Wie dumm von Dadda, das Brüderchen nehmen zu wollen; er hätte sich ja dabei erkälten können! Nicht wahr, Mama?«

Und ohne eine Antwort abzuwarten, stürzte sie fort, um die Puppen zu holen, schleppte einen alten, wackeligen, hochlehnigen Polsterstuhl in eine Ecke, setzte eine als Dame ausstaffierte Puppe hinein und gab ihr ein Windelkind aus Porzellan in den Arm.

Inzwischen hatte sich der kleine Ejnar platt auf die Erde geworfen und wühlte unter einem Schrank. Estrid sprang zu ihm hin, schob ihn beiseite, entriß ihm ein Paar schwarze Holzpantoffeln, die er gerade erfaßt hatte, und lief damit zu Birgit. Ejnar aber stimmte ein klägliches Geheul an, strampelte, um wieder auf die Beine zu kommen, trippelte hinter Estrid her und schrie: »Eja sie Mama geben.«

»Bringe sie sofort wieder zurück,« befahl Birgit, »Ejnar soll sie mir geben.«

Estrid reichte ihm den einen und meinte, sie könnten jedes einen haben. Ejnar aber protestierte so heftig, daß sie ihm beide Pantoffeln überlassen mußte, sie tat es nur widerstrebend, puffte ihn in den Rücken und nannte ihn einen Eischejungen.

Birgit steckte die Füße in die Pantoffeln, hüllte den Kopf in ein buntseidenes Tuch und begann einen phantastischen Tanz aufzuführen mit wilden Gebärden und einem Getrampel auf dem Fußboden, das einen ohrenzerreißenden Lärm machte. Beide Kinder standen in einiger Entfernung und sahen ihr mit gespannten Mienen und unter lauten Jubelrufen zu.

Das Kindermädchen, das dasaß und das Brüderchen abtrocknete, lachte so, daß sie bebte; sie richtete den Kleinen in eine sitzende Stellung auf, damit auch er das Schauspiel genießen könne, was er augenscheinlich auch tat.

Birgits Bewegungen wurden immer heftiger. Sie beugte sich vorwärts und nach den Seiten, schlug mit den Armen aus und tat, als biete sie alle Kräfte auf, um sich dem Stuhl mit der Puppe zu nähern, als werde sie aber jedesmal von einer unsichtbaren Macht zurückgetrieben. Mehrmals verlor sie einen der Pantoffel, zog ihn aber immer schnell wieder an. Schließlich machte sie einen Sturmlauf auf den Stuhl mit ausgebreiteten Armen und vorgebeugtem Oberkörper, tanzte rückwärts, zurückweichend, fuhr dann aufs neue mit einem Schrei, der ein Kriegsgeheul vorstellen sollte, vorwärts, und brach darauf plötzlich zusammen, indem sie erklärte, daß sie nicht imstande sei, die böse Hexe zu überwinden, daß jetzt Estrid und Ejnar ihr Heil versuchen müßten.

Mit einem Jubelgeheul sprangen beide Kinder herbei und fingen an, den Tanz und die Gebärde der Mutter nachzuahmen.

Besonders Estrid gelang dies vorzüglich. Energisch ging sie darauflos und wiederholte die ganze Szene von Anfang bis zu Ende. Ejnar war langsamer in seinen Bewegungen und stand unsicherer auf den Füßen, er taumelte oft zu Boden, erhob sich aber immer wieder. Unverwandt hielt er seine Augen auf die Schwester gerichtet und versuchte, es ebenso zu machen wie diese, da sie aber so geschwind war, brachte er nur die Hälfte fertig.

Schließlich sprang Estrid auf den Stuhl los, schüttelte die Hexe und riß das Königskind aus ihren Armen. Ejnar kam herzu und stand ihr bei und unter Lachen und Jubelgeschrei trugen sie im Verein die Puppe zu Birgit, die vornübergebeugt auf einem Stuhle saß, die Arme auf den Knien, die Hände herabhängend, ganz außer Atem nach der vorhergegangenen Anstrengung.

Nun wünschten sie natürlich, daß Birgit noch einmal anfange. Es hieß immer, daß sie versuchen solle, ob sie nicht auch einmal Siegerin werden könne, was natürlich niemals geschah. Birgit erklärte aber, sie sei müde. Sie waren jedoch so hartnäckig in ihrem Bitten und Drängen, daß sie schließlich doch wohl hätte nachgeben müssen, wenn sich die Tür nicht im selben Augenblick geöffnet hätte und die alte Frau Tandberg auf der Schwelle erschienen wäre. Denn nun flogen ihr die beiden Kinder entgegen und fragten, was sie ihnen mitgebracht habe.

»Guten Abend, Großmama«, sagte Birgit. »Wie schön, daß du kommst! Da werde ich die kleinen Quälgeister los – sonst hätten sie mich am Ende noch ums Leben gebracht.«

»Du hast wohl heute abend wieder den Hexentanz aufgeführt?« fragte Frau Tandberg lachend, indem sie ihre Schwiegertochter küßte. »Gott sei Lob und Dank, daß ich nicht hier war, denn den Lärm kann man nicht unbeschadet zweimal im Leben mit anhören.«

»Da hast du wirklich recht«, sagte Birgit, ihre Toilette in Ordnung bringend. »Aber was soll man gegen diese kleinen Tyrannen machen?«

»So süß und lieb und rein und lecker, mein kleiner Herzensschatz!« Frau Tandberg machte Kußhände, winkte, nickte und lachte mit allerlei wunderlichen Lauten und Gebärden, indem sie sich dem Kleinsten näherte, der strampelnd auf dem Schoß des Kindermädchens saß und durchaus zur Großmutter wollte.

»Gute Nacht! Ihr Herzenskinder!« sagte Birgit, eins nach dem andern küssend. »Und noch eins, Nille, ehe ich's vergesse,« – sie wandte sich an das Kindermädchen – »du mußt wirklich Estrids Anzug besser in Ordnung halten; sie hat große Löcher in den Strümpfen und an den Schuhen fehlen mehrere Knöpfe. Auch ihr Kleid ist in den Nähten aufgeplatzt.«

»Mir deucht, ich tue den lieben, langen Tag nichts weiter als flicken und stopfen«, erwiderte Nille, ihren breiten Rücken beugend, um das Wasser aus der Badewanne zu gießen.

»Dann mußt du den Abend mit zu Hilfe nehmen, Nille«, sagte Birgit in sehr bestimmtem Ton. »Du weißt ja, daß es beim Mieten zwischen uns abgemacht ist.«

»Bei Konsuls hatten wir zweimal die Woche eine Nähterin, die das Kinderzeug ausbesserte.« Nille warf den Kopf in den Nacken und hob die gefüllte Wasserbütte auf, »und dann bekamen sie noch so oft neue Sachen und hatten ihre bestimmten Sonntags- und Alltagskleider.« Sie ging auf die Tür zu.

»Es hat dich niemand danach gefragt, wie es bei Konsuls hergeht«, entgegnete Birgit kurz.

»Da hast du's«, sagte Frau Tandberg, als Nille zur Tür hinaus war.

Birgit lächelte, biß sich auf die Unterlippe und schüttelte den Kopf, als wolle sie sagen: »Ja, ist es nicht zu arg!«

»Jetzt gehe ich und zünde die Lampe an, Großmama, und wenn du hier fertig bist, kommst du mir nach«, sagte sie, das Kinderzimmer verlassend.

»Die naseweise, alle Trine«, murmelte Birgit vor sich hin, als sie eine Weile später im Wohnzimmer saß, in den Schaukelstuhl zurückgelehnt, die Hände unter dem Nacken, sich leise hin und her wiegend. »Natürlich hat die Person recht,« dachte sie weiter, »aber was geht es sie an? Im Grunde ist Knud schuld daran, daß sie sich so etwas herausnimmt, denn er ist nicht vorsichtig genug mit dem, was er in Gegenwart der Mädchen sagt, und Nille weiß sehr wohl, daß sie Rückhalt an ihm hat.« – Aber wenn sie keine bessere Mutter und Hausfrau war, so trug er auch daran die Schuld, denn warum machte er sie nicht glücklich? Wie konnte man wohl irgend etwas mit Lust und Liebe tun, wenn man sich so unglücklich fühlte? – Nein, nicht einmal unglücklich, sondern nur so bodenlos gelangweilt und lebensüberdrüssig.

»Ob Knud mit einer anderen Frau wohl glücklich geworden wäre?« Jedenfalls hätte es eine sein müssen, die ihn besser zu fesseln gewußt hätte. Ja, wie hätte sie wohl sein müssen? So leicht war diese Frage nicht zu beantworten. – Zurückhaltender, unberechenbarer, koketter, vielleicht auch anspruchsvoller. – Eine mit Launen und feurigem Blut – die ihn stets gereizt und in Atem gehalten hätte – so daß er nie gewußt hätte, was sie morgen, ja in der nächsten Stunde schon angeben würde. Sie selber war viel zu dumm und gutmütig gewesen. Sie hatte ihm ihre ganze, grenzenlose, ja geradezu anbetende Liebe auf einmal geschenkt. Sie hatte nicht daran gedacht, zu sparen, hatte von der ersten Stunde an ihn vergeudet, sich selbst ihm so offen hingegeben, daß er sie gleich aus und ein kannte. Dadurch hatte er das Interesse für sie verloren.

Es war ihr niemals in den Sinn gekommen, daß eine solche Verschwendung unpraktisch sein könne. Sie glaubte, daß ihr Schatz an Liebe groß genug sei, um für alle Ewigkeit vorzuhalten, und daß seine Liebe nicht ausreichen würde, daran hatte sie niemals gedacht. So hübsch, wie sie war, und so viel Anziehendes, wie sie besaß – er war ihrer doch geradezu überdrüssig geworden. Sie wußte ganz genau, wann dieser Umschwung eingetreten war. Damals, als er anfing, des Abends immer so lange aufzubleiben, als er sie allein zu Bett gehen ließ und sich dann, wenn er kam, selber ganz leise zur Ruhe begab, um sie nicht zu wecken. Als wenn sie geschlafen hätte! Nein, sie lag oft da und weinte über den großen Unterschied zwischen einst und jetzt! Früher hatte es ihm immer so viel Freude gemacht, zuzusehen, wie sie sich entkleidete – er hatte ihr eigenhändig jedes einzelne Stück ausgezogen. – Und wie sie dabei gelacht und sich geküßt hatten!

Was war das Kalte, das sich da über ihre Wange schlich? Sie bekam doch wohl nicht gar Tränen in die Augen? Ja, es war wirklich eine große, kalte Träne, die dort herabgeglitten kam, und es kamen mehrere; sie mußte ihr Taschentuch nehmen und sich ordentlich abtrocknen. Nun, es war ja keine Schande. Nutzlos war es, aber das war ja einerlei. Sie wollte schon darüber hinwegkommen, denn sie war ja vernünftig und blasiert. Plötzlich krümmte sie sich ganz zusammen und schluchzte. – Nein, nein, nein, sie konnte sich doch nicht darüber hinwegsetzen. Aber Knud sollte es niemals erfahren, nicht einmal ahnen durfte er es, daß sie darunter litt, geschweige denn, daß sie solche Anfälle hatte. Lieber sterben als die Demütigung! Sie sich verschmäht fühlen! Sie, Birgit Kjär, die einen jeden hätte bekommen können, nach dem sie nur die Hand ausgestreckt hätte; die von dem ersten Winter an, als sie aufgetreten war, ja, schon vorher, einen Kreis von Anbetern um sich gehabt hatte, und noch jetzt – ja, wie hatten ihr nicht die Freunde ihres Mannes den Hof gemacht! – Sie hatte sie alle zu ihren Füßen gesehen.

Und nun gar Jamborg, wie war er nicht in sie verliebt! Aber was konnte das nun helfen? Sie steckte das Taschentuch in die Hand und lehnte sich wieder hintenüber, ihre Stellung von vorhin einnehmend. Sie machte sich ja nichts aus ihm, sie waren ihr alle gleichgültig und waren es stets gewesen – nur ein einzigesmal hatte sich ihr Herz geregt – für Arbo hatte sie wirklich etwas gefühlt, obgleich, im Grunde hatte sie es sich wohl nur eingeredet, wenigstens im Anfang, sie hatte Knuds Eifersucht erwecken wollen, als sie merkte, daß er gleichgültig wurde. Aber wie war das ausgefallen? Knud und eifersüchtig! Die beiden Dinge ließen sich wohl nicht gut miteinander vereinen. Wenn sie daran dachte, wie er es aufgenommen hatte, als sie zu ihm gekommen war und ihm gestanden hatte, daß sie sich in Arbo verliebt habe, und daß es wohl das beste sei, wenn sie eine Zeitlang fortreisten! Das habe keine Gefahr, meinte er, wenn sie offen damit zu ihrem Manne käme, um der Sache ein Ende zu machen. Und als sie ihn gefragt hatte, was er denn dazu sagen würde, wenn ihre Gefühle nun wirklich derartig wären, daß sie nicht ohne Arbo leben könne, – es gab ja Augenblicke, in denen sie sich das einbildete – da hatte er geantwortet, daß er, falls sich die Sache so verhielte, ja nichts dagegen machen und ihr auch nicht deswegen zürnen könne. Und als sie weiter verlangt hatte, zu wissen, ob er in diesem Falle eine Scheidung wünsche, hatte er erwidert: »Aber, liebste Birgit, wie kannst du nur so eine Frage stellen? Freilich, wenn du willst, dann – aber nein, das tust du nicht.« Und der Blick, mit dem er sie angesehen hatte, so voller Güte und Wehmut und Hilflosigkeit – ja wirklicher Hilflosigkeit, denn er wußte, daß seine Liebe erloschen war und daß es da keine Hilfe gab. Das war ihr später klar geworden: damals verstand sie es nicht. Sie hatte geglaubt, sein Blick bedeute, daß er sich wieder zu ihr zurücksehne, daß es ihn schmerze, daß sie ihr Herz von ihm abgewandt hatte, und wie mit einem einzigen Wogenschlag war ihre ganze Zärtlichkeit und Verliebtheit wieder in ihr aufgebraust.

Und dann waren sie gekommen, diese Zeiten mit ihren endlosen Tagen voller Enttäuschungen. Sie hatte geglaubt, solange er keine andere liebte, und das tat er nicht, obwohl er fortwährend etwas mit seinen dummen Courmachereien vorhatte – so sei es keine Unmöglichkeit, daß er noch einmal wieder zu ihr zurückkommen könne. Und sie hatte gehofft und gewartet, und gewartet und gehofft und sich den Kopf so viel zerbrochen, aber alles war vergebens gewesen. Und dann war ja auch ihre Liebe allmählich arg mitgenommen worden, gleichsam verschlissen, flach getreten. Sie konnte nicht sagen, daß sie Knud noch liebte, denn dann würde sie nicht so oft einen Unwillen gegen ihn empfunden haben, einen brennenden, zornerfüllten Unwillen, und wenn sie deswegen saß und weinte, so geschah es nicht aus Kummer über seine verlorene Liebe, sondern weil das Leben so leer und armselig für sie geworben war. Sie war nun einmal so beschaffen, daß sie nur leben konnte, wenn sie liebte und geliebt wurde. Deswegen war es ihr auch nicht möglich, sich an den Kindern genügen zu lassen, wie das eine Mutter der Ansicht der Leute nach tun sollte. Es war ja ganz schön, Kinder zu haben, aber sie waren doch meistens mehr eine Last als eine Freude; und dann diese schreckliche Verantwortung, die damit verbunden war! Sie konnte es gar nicht fertig bringen, ihre Pflichten gegen sie zu erfüllen, denn dann durfte sie nicht eine Sekunde von ihnen fern sein. Sie mußte ihr ganzes Gefühlsleben bis in die kleinsten Regungen kennen, mußte ihre Gedanken lesen und ihre Entwicklung Schritt für Schritt verfolgen. Wie aber konnte sie das bei ihrem unbefriedigten Gemütszustand, der sie stets zwang, sich in ihren eigenen Kummer zu vertiefen und über sich selber nachzugrübeln? Damals, als Knud sie liebte, kamen ihr alle Freuden durch ihn. Da hätte sie auch die Fähigkeit gehabt, das Leben tatkräftig anzugreifen und das beste aus sich selber zu machen. Jetzt war sie zu nichts mehr imstande.

Ach ja! sie hatte Grund genug zum Weinen!

Und dann hatte sie diese merkwürdige Angewohnheit, daß ihre Phantasie, wenn sie so allein dasaß, ihr unablässig die wunderlichsten, erschütterndsten Bilder vorgaukelte, die in langen, verwirrten Reihen aufstiegen und das, woran sie eigentlich dachte, nämlich ihre Ehe, beiseite schoben. Sie redete sich ein, daß sie ihrem Manne entflohen sei, daß ihr Geliebter sie verlassen habe und sie nun die Nachricht erhielt, daß Estrid im Sterben läge, und sie sich, selbst halbtot, nach Hause schleppte und an die Tür käme und um die Erlaubnis flehte, Estrid sehen zu dürfen, daß sie aber von der Großmutter fortgewiesen würde. Oder auch sie wohnte im Geiste ihrem eigenen Begräbnis bei. Dann hörte sie den Pfarrer mit rührenden Worten von dieser jungen, blühenden Frau sprechen, die so plötzlich in ihrem schönsten Alter dahingerafft sei; sie sah Ejnar und Estrid schwarz gekleidet an der Bahre stehen und Knud schluchzend, das Taschentuch gegen die Augen gepreßt, unablässig ihren Namen rufend. Dann konnte sie weinen, bis schließlich ihre Tränen erschöpft waren und sie in einer traurig-süßen, gesättigten Stimmung hinsank. Zu Zeiten konnte sie auch ein überströmendes Gefühl mütterlicher Liebe für Knud überkommen. Er war ihr Kind, ihr lieber, teurer Junge, wie gerührt und glücklich würde sie sein, wenn er käme und ihr seine Braut vorstellte. Dann wollte sie alles so schön einrichten in seinem neuen Heim, wollte selber die Brautlichter anzünden und sich so mild bewegt und glücklich fühlen in dem Bewußtsein, ihn so strahlend glückselig zu wissen, wie er es einst, vor langer, langer Zeit, gewesen.

»Nein, Birgit, deine Kinder sind wirklich zu entzückend!« sagte Frau Tandberg, die jetzt ins Zimmer trat. »Etwas so Bezauberndes wie Ejnar! Und nun gar der Kleine!«

Frau Tandberg schüttelte ihren schönen, silbergrauen Kopf, so daß die schwarzen Spitzen in Bewegung gerieten, und nahm dann in einem Lehnstuhl Platz.

Birgit sprang auf. »Willst du nicht auf dem Sofa sitzen, Großmama? Da siehst du besser, denn du gehst natürlich sofort wieder an deine feine Stickerei.«

»Danke, Birgit! Das Sofa ist mir zu weich, fast beunruhigend. Man versinkt so tief in die Polster, daß man kaum weiß, wo das enden soll.«

Birgit nahm ihr Strickzeug, einen dunkelroten, seidenen Kinderstrumpf, und setzte sich ihrer Schwiegermutter gegenüber.

»Von Estrid will ich gar nicht reden,« fuhr Frau Tandberg fort, »denn sie ist ja ein wahres Engelsgesicht und dabei so urkomisch in ihrer Ungezogenheit.«

»Ja, das Kind ist nicht leicht zu erziehen, und besonders solange Nille im Hause ist, denn die macht sie geradezu aufsässig«, erwiderte Birgit.

»Wie diese Nille impertinent ist!« Frau Tandberg lachte so, daß ihre Augen ganz verschwanden und die gelbweißen, frischen Zahnreihen hervorschimmerten. Sie ließ die Hand mit dem Goldfaden auf den bronzegelben Seidenplüsch, an dem sie arbeitete, niedersinken. »Eine ganz abscheuliche Person!«

Birgit kniff die Lippen zusammen und blickte krampfhaft auf ihr Strickzeug nieder.

»Von Lilli soll ich übrigens grüßen und sagen, daß sie ein Kleid für Estrid näht.« Frau Tandberg nickte vergnügt. »Eine ganz reizende Fasson, und Thora will ihr einen kleinen Wintermantel schenken, das Entzückendste, was ich je gesehen habe.«

»Ich hab' ja ein paar sehr vorsorgliche Schwägerinnen, das muß man ihnen lassen.«

Birgit zog die feingeschwungenen Brauen ein wenig in die Höhe, während die Oberlippe kaum merkbar bebte.

»Und einen Hut und ein Paar kleine Pariser Stiefel bekommt sie von mir«, fuhr Frau Tandberg fort. – »Ich sage dir das alles, damit du nicht darauf verfällst, dasselbe zu kaufen.«

Birgit zog so heftig an ihrem Stickgarn, daß das Knäuel aus dem kleinen Becher hüpfte und auf den Fußboden fiel.

»Du hast doch wohl nichts dagegen, Birgit?« Frau Tandberg lachte munter, hielt aber plötzlich inne und setzte eine bedenkliche Miene auf, als sie den beinahe harten Ausdruck in dem Gesicht der Schwiegertochter gewahrte.

»Gott bewahre! Knud ist ja immer so entzückt und meint, daß es uns sehr gelegen kommt. Ich für meinen Teil muß freilich sagen, daß ich das Zeug für meine Kinder am liebsten selbst wähle.«

»Großer Gott, wenn sie nun auch hin und wieder einmal ein Stück von mir und den Tanten bekommen! Es macht uns ja Vergnügen!« begütigte Frau Tandberg.

»Und außerdem findet ihr es so notwendig, weil ich eine Trödelliese bin. Du kannst es gerne eingestehen, Großmutter, denn ich weiß sehr wohl, daß es deine Ansicht ist, und daß du sie auch äußerst.«

Ein Schatten huschte über Frau Tandbergs sonst so lächelnde Züge, verschwand aber gleich wieder, und mit einer Stimme, als spräche sie zu Estrid, erwiderte sie: »Nicht so bitter sein, Birgit!« Dabei sah sie mit einem schelmischen Blick zu ihr hinüber. Birgit, aber lächelte nicht, sondern saß nur da und strickte und machte ein ernsthaftes Gesicht.

»Du weißt ja nur zu gut, wie ich über Eure Ehe denke«, begann Frau Tandberg nach einer kleinen Pause. »Knud und du, ihr paßt vorzüglich zueinander und das ist doch die Hauptsache.«

»Es ist ja gut, daß du der Meinung bist, Großmutter.« Birgit fuhr sich mit der Stricknadel durch das gekrauste Stirnhaar.

»Nicht viele Frauen wären imstande, Knud so vernünftig zu nehmen. Wie ihn die meisten wohl mit Eifersüchteleien plagen würden!«

»Wenn Knud eine Frau hätte, die eifersüchtig wäre, oder eine, die ihn ordentlich im Zaum zu halten wüßte, so wäre es am Ende gar nicht so schlimm für ihn«, meinte Birgit.

»Nun ja, ich will gern einräumen, daß ihm das nicht schaden könnte«, sagte Frau Tandberg. »Obwohl, im Grunde hat es ja nichts zu sagen mit den Sprüngen, die er macht!«

»Aber er kann doch oft recht verletzend sein.«

»Freilich, ja. Wie nun zum Beispiel sein Techtelmechtel mit Margrete von Falsen. Das will mir gar nicht gefallen, denn man sagt, sie sei im Munde der Leute.«

»Das überrascht mich nicht«, erwiderte Birgit gleichgültig. »Ich habe es Knud auch schon gesagt, aber du weißt ja, wie er ist. Er tut nur, was ihm Vergnügen macht, weder mehr oder weniger.'

»Die beste Manier, dem Gerede die Spitze abzubrechen, ist, daß wir, sowohl du als wir anderen, recht freundlich gegen Margrete sind, sie häufig einladen und uns öffentlich mit ihr zeigen. Bist du darin mit mir einig, Birgit?«

»Ja, das ist gewiß das vernünftigste, Großmutter.«

»Ich begegnete Knud vorhin, als ich hierherkam: und mit wem ging er? Mit Margrete von Falsen!« Abermals lachte Frau Tandberg mit ihrem wohlklingenden, herzlichen Lachen, das für Fremde stets etwas Ansteckendes hatte. »Das sollte er nun nicht tun, so an einem Abend und allein«, fügte sie in bedenklichem Ton hinzu.

»Wenn sie es tut, so kann es ihm wohl am Ende nicht schaden –« entgegnete Birgit.

»Sie ist natürlich in ihn verliebt – so eine Schwärmerei in aller Unschuld, wie diese kleinen Backfische sie so leicht für Knud haben. Wenn man ihr nur einen Bräutigam verschaffen könnt«!«

»Das wundert mich übrigens«, bemerkte Birgit nach einer Weile. »Knud sagte vorhin zu mir, er wolle in die Konzertprobe gehen.«

»Dann hat er sie wohl unterwegs getroffen!«

»Wo bist du ihnen begegnet?«

»Sie kamen aus dem Schloßpark und gingen den Drammensweg hinab. Ich glaube nicht, daß sie mich gesehen haben, denn ich ging quer über die Straße. Aber ich erkannte sie sehr wohl in dem verräterischen Mondschein.« Frau Tandberg blinzelte mit den Augen und lächelte verschmitzt, als finde sie die eben beschriebene Situation äußerst pikant.

»Das ist im Grunde ein« merkwürdige Manier, zur Probe zu gehen«, sagte Birgit trocken.

»Ja, dieser Knud, dieser Knud!« Frau Tandberg lachte abermals. »Er ist ein leichtsinniger Kavalier!«

»Das will ich ihm aber doch einreiben!« sagte Birgit. »Es war gut, daß du ihnen begegnetest.«

In diesem Augenblick wurde an der Entreeglocke geschellt.

»Glaubst du, daß es Knud ist?« fragte Frau Tandberg.

»Nein, er hat ja seinen Schlüssel. Es ist vielleicht Jamborg.«

»Herr Jamborg«, meldete das Mädchen.

»Bitten Sie ihn, einzutreten: wir sind zu Hause«, lautete Birgits Antwort.

»Es würde Ihnen auch nichts genützt haben, sich zu verleugnen«, sagte im selben Augenblick eine langsame, ein wenig lispelnde Stimme, und ein breitschulteriger, untersetzter Mann mit schwarzem, kurzgeschnittenem Haar, einem hübsch gewachsenen Vollbart und in elegantem englischen Anzug trat über die Schwelle und grüßte.

»Und warum denn nicht?« fragte Birgit, seinen Gruß mit einem nachlässigen »Guten Abend, Jamborg« beantwortend, während sie ruhig mit ihrer Strickarbeit fortfuhr.

»Erstens sah ich, daß hier Licht war,« erwiderte Jamborg, sich durch die vielen Möbel bis an den Tisch windend, »und zweitens bin ich von Knud eingeladen worden.«

»So? Davon weiß ich ja gar nichts!«

»Das ist auch ganz natürlich, Frau Birgit, sintemal es erst vor zehn Minuten auf der Straße geschah.« Jamborg hatte auf einem niedrigen Stuhl mit hoher Rückenlehne, Birgit gerade gegenüber, Platz genommen. Er streckte die Beine von sich, lehnte sich hintenüber, faltete die Hände über dem Magen und sah sie an.

»Wo trafen Sie ihn denn?« fragte Birgit.

»Oben am Bogstadswege. Er bat mich, hierher zu gehen und den Damen Gesellschaft zu leisten.«

»Auf dem Bogstadswege! Hörst du es. Großmutter? War er allein?«

»Nein, Fräulein von Falsen war in seiner Gesellschaft – natürlich!«

»Ich mag nicht, daß Sie so etwas sagen, Friedrich«, bemerkte Frau Tandberg jetzt in vorwurfsvollem Ton. »Durch dergleichen Äußerungen von seiten seiner besten Freunde entstehen diese dummen Gerüchte.«

»Wohl nicht einzig und allein dadurch.«

»Sie sind ein unverbesserlicher Schelm, Sie!« Frau Tandberg drohte mit dem Zeigefinger. »Ich habe Knud immer vor Ihnen gewarnt.«

»Und es hat doch nichts genützt!« entgegnete Jamborg mit seiner einförmigen, wunderlich eigensinnigen Stimme.

»Ich sehe Sie übrigens in letzter Zeit so selten, Friedrich!« Frau Tandberg schlug ihren gewöhnlichen, gleichgültig munteren Ton an. »Woher mag das nur kommen?«

»Ich mache mir nichts daraus, anderswo hinzugehen als hierher«, erwiderte er beinahe ungezogen.

»Nun, aufrichtig ist er wenigstens, Birgit,« sagte sie lachend, »wenn ich aber mein Sohn Knud wäre, würde ich nicht sonderlich entzückt davon sein.«

»Das wäre mir völlig gleichgültig«, lautete seine schleppende Entgegnung.

»Aber wenn er Ihnen nun sein Haus verböte? Was würden Sie dann tun, Herr Friedrich?«

»Dann käme ich auch ohne seine Erlaubnis.«

»Nein, er ist nicht zum Aushalten!«

Frau Tandberg schüttelte den Kopf, setzte sich weiter in ihren Stuhl zurück und begann mit einer ergebenen Miene eifrig zu nähen.

»Gehen Sie hinein und rauchen Sie eine Zigarre, Jamborg«, sagte zuletzt Birgit. »Es ist wirklich nicht amüsant, Sie hier so schmachtend sitzen zu sehen.«

Jamborg hatte seine Augen keine Minute von Birgit abgewandt. »Ich will lieber hierbleiben«, erwiderte er, ohne sich aus seiner Ruhe bringen zu lassen und sie nach wie vor anstarrend.

»Dann zünden Sie sich nur hier eine Zigarette an, das will ich Ihnen gern erlauben. Etwas müssen Sie doch anfangen. Da drinnen in Knuds Zimmer steht eine Schachtel.«

Er erhob sich träge und ging abgemessenen Schrittes in das Musikzimmer, indem er die dazwischenliegenden Türen offen ließ.

»Wie unausstehlich er geworden ist!« sagte Frau Tandberg halblaut. »Sobald er ins Zimmer tritt, habe ich ein Gefühl, als würde die ganze Welt zu einer Wüste von Langerweile. Ich kann es nicht begreifen, daß du die Malstunden bei ihm aushalten kannst.«

»Ein wenig ledern ist er ja freilich,« räumte Birgit ein, »aber trotzdem mag ich ihn ganz gern.«

»Ja, in früheren Zeiten hatte ich ihn auch gern – aber jetzt – nein, das ist nicht zu verlangen. ›Ich will lieber hierbleiben!‹« Sie ahmte den schleppenden Tonfall seiner etwas belegten Stimme nach.

Birgit lachte schwach. »Auf alle Fälle macht er sich nicht besser, als er ist,« sagte sie, mit dem Kopfe nickend.

»Und wie er dasitzt und dich anstarrt! Ich habe nie einen Menschen gekannt, den seine Verliebtheit zu einem solchen Idioten machte!« Hier brach Frau Tandberg in ihr gewöhnliches, gemütliches Lachen aus.

Jetzt kehrte Jamborg zurück, eine brennende Zigarette im Munde. Er setzte sich ruhig an seinen früheren Platz und begann wieder Birgit zu betrachten.

»Sagte Knud nicht, daß er in die Konzertprobe wolle?« fragte Birgit.

»Ja, aber erst wolle er Fräulein von Falsen begleiten, die ihre Noten vergessen hatte.«

Es entstand eine Pause.

Plötzlich brach Frau Tandberg in ein schallendes Gelächter aus.

»Was hast du nur, Großmutter?« fragte Birgit, während Jamborg unbeweglich sitzen blieb.

»Ach, mir fiel nur gerade etwas ein.«

»Wie beneidenswert, so amüsante Gedanken zu haben!«

»Es war eine Bemerkung, die im vorigen Jahr nach einem Vereinskonzert über den Damenchor gemacht wurde, ha, ha, ha! Sie sähen alle aus wie Hühner, die Eier legen wollten, ha, ha, ha!« Frau Tandberg lehnte sich ganz in ihren Stuhl zurück, um sich gehörig auszulachen.

»Ob die Bemerkung amüsant ist oder nicht, kann man nicht recht beurteilen, ohne den Chor gesehen zu haben,« sagte Birgit, »und da ich bekanntlich dergleichen Vergnügungen nicht mitzumachen pflege –«

»Das ist amüsant!« sagte Jamborg.

»Hu! Diese Damenchöre!« begann Frau Tandberg, nachdem sie sich ein wenig vom Lachen erholt hatte. »Etwas so Gräßliches! Und so häßlich, wie sie sind, eine immer abschreckender als die andere! Nun ist ja Margrete von Falsen auch mit dabei, und das ist gerade keine Akquisition, denn die ist doch auch grundhäßlich.«

»Häßlich!« rief Birgit. »Ja, vielleicht ist sie das, aber sie hat doch ein gewisses Etwas an sich; ich würde sofort mein Äußeres mit dem ihren vertauschen. Habe ich nicht recht, Jamborg?«

Zum erstenmal sah Birgit zu ihm hinüber und begegnete seinem Blick.

»Sie Ihr Aussehen vertauschen! Sie – – Übrigens ahne ich gar nicht, wie Fräulein von Falsen im Grunde aussieht!« sagte er in einem Tone, als wenn ihn dies Thema sehr langweile.

»So –« bemerkte Frau Tandberg. »Sie sind doch oft genug mit ihr zusammen gewesen.«

»Und daher weiß ich auch stets, daß sie es ist, wenn ich mit ihr zusammenstoße, selbst wenn dies ganz unvermutet geschieht«, erwiderte Jamborg.

Jetzt wurde an die Tür geklopft, und auf Birgits »Herein!« trat eine große, schlanke Dame ins Zimmer. Sie trug einen fußfreien, enganschließenden Mantel mit vielen großen Metallknöpfen und einen breitkrämpigen Filzhut mit dunkelgrünen Federn und mehreren Büscheln roter Vogelbeeren.

»Nein, welche Überraschung!« rief Birgit aus, indem sie sich erhob. »Wir sprachen gerade von Ihnen. Margrete! Legen Sie doch ab!« Sie knöpfte ihr den Mantel auf und zog sie mit sich hinaus ins Entree, wo Margrete ihr etwas verwehtes Haar in Ordnung brachte.

»Sie sprachen von mir?« sagte Margrete lächelnd, als sie, von Birgit gefolgt, wieder ins Zimmer trat. »Guten Abend, Frau Tandberg, guten Abend, Herr Jamborg«, sie reichte beiden die Hand. »Darf ich dann vielleicht auch wissen, was Sie gesagt haben?«

»Mit Vergnügen«, erwiderte Birgit. »Zuerst erzählte Jamborg, er habe Sie in Knuds Begleitung getroffen, Sie hätten nach Hause gehen wollen, um Ihre Noten zu holen, und dann wurde erzählt, eine sehr hübsche Dame habe geäußert, sie möge Ihr Äußeres so gern, daß sie mit Freuden mit Ihnen tauschen würde.«

Margrete lächelte, und eine tiefe Röte bedeckte ihre Wangen bis über die etwas vorstehenden Backenknochen.

»Aber dagegen protestieren wir anderen«, bemerkte Jamborg.

»Das finde ich sehr natürlich«, sagte Margrete mit einer kleinen, anmutsvollen Bewegung des Oberkörpers.

»Ich nicht!« rief Birgit.

»Ich sollte Sie von Ihrem Manne grüßen, Frau Tandberg, und sagen, daß er bald kommen würde«, wandte sich Margrete an Birgit. »Er müsse nur noch eine Dame nach Hause begleiten.«

»Wer war denn das nur wieder?«

»Frau Guve!«

»Ja, dieser Knud, dieser Knud!« seufzte Frau Tandberg, »er ist flüchtig wie ein Schmetterling.«

Abermals stieg eine tiefe Röte in Margretes Wangen auf, und in ihre Augen trat ein Glanz, der ihr ganzes Gesicht förmlich überstrahlte.

»Und Sie ließ er allein gehen?« fragte Birgit. »Das war nicht gerade galant von ihm.«

»Ei was, das macht nichts.«

»Ein schneidiger Kerl, dieser Knud«, murmelte Jamborg.

»Was ist er?«

»Geschmeidig«, erwiderte Jamborg. »Nein, Sie sagten ›schneidig‹«, beharrte Frau Tandberg. »Wollen Sie sich, bitte, näher darüber erklären?«

»Aber ich meinte geschmeidig.«

Ein flüchtiger Ausdruck von Schreck huschte über Margretes Gesicht. Sie saß kerzengerade da, ohne sich gegen den Rücken des Stuhles zu lehnen. Die linke Hand ruhte mit ausgespreizten Fingern in ihrem Schoß. Unablässig strich sie mit der Rechten darüber hin und rieb alle Finger gegeneinander, langsam und liebkosend, wie man eine Katze streichelt. Sie wurde bald rot und bald blaß, ihre Augen sprühten Funken und schienen gleichsam die Farbe zu wechseln. Über ihrer ganzen Erscheinung lag eine beherrschte, fast unmerkliche Unruhe. Sie atmete vorsichtig, als fürchte sie sich, ihre eigenen Atemzüge zu hören, und die in Falten gelegten Spitzen, die im Zickzack an ihrem Kleide herunterliefen und bei der runden, schön geformten Taille endeten, bewegten sich zitternd, als seien sie an unsichtbaren Spiralfedern befestigt.

»Knud wußte wohl, daß Sie hierher gehen wollten?« fragte Birgit, die unablässig strickte und halb geistesabwesend aussah.

»Ja, ich sagte es ihm. Ich wollte Sie nämlich um etwas bitten, Frau Tandberg. Ich wollte vor der Probe hierher kommen, aber dann wurde es mir zu spät. – Sie versprachen mir doch neulich ein Muster – ich wollte es morgen gern gebrauchen, und deshalb –«

»Haben Sie wohl Fräulein von Falsens Organ beachtet, Friedrich?« unterbrach Frau Tandberg sie. »Nein, fahren Sie nur fort, liebe Margrete. Es ist etwas ganz Eigentümliches in Ihrer Stimme, etwas, das mich an Pauline Lucca erinnert, als sie damals in London den ›Erlkönig‹ sang. Ihre Stimme und Ihr Lachen, Margrete, ist etwas, das Sie ganz für sich allein haben.«

»Da haben wir Knud«, sagte Birgit.

Mit einer hastigen Bewegung flog Margretes Hand in die Höhe gegen die Brust. Die Finger hüpften zwischen den Spitzen, als sollten sie Klavier spielen. Schließlich glitten sie ganz in die Höhe bis an den Halsausschnitt und rückten die Brosche zurecht.

Im selben Augenblick öffnete sich die Tür, und Knud trat mit seiner nachlässigen, »klassisch-eleganten« Haltung, wie seine Freunde sagten, ein.

»Guten Abend, Mutter, guten Abend, gnädiges Fräulein, guten Abend, Jamborg, guten Abend, Birgit«, er begrüßte die Anwesenden freundlich lächelnd, indem er jedem einzelnen die Hand reichte. Als er vor Birgit stehen blieb, reichte sie ihm drei Finger, mit den anderen beiden hielt sie die Stricknadeln fest.

»Aber so nimm doch die verdammte Lampe fort,« rief er, »oder hänge doch wenigstens einen dunkleren Schirm über die Kuppel.

Wie könnt ihr es nur aushalten, dies grelle Licht gerade in den Augen zu haben?«

»Uns geniert es nicht«, sagte Birgit.

Margrete lächelte im geheimen. Sie verstand, weshalb er so ärgerlich über die Lampe war. Wenn sie so stand, konnte er sie ja nicht sehen.

»Kannst du nicht ebensogut sehen, wenn wir sie hierher stellen, Mutter?« Er zeigte auf einen kleinen Nebentisch, und ohne eine Antwort abzuwarten, setzte er die Lampe dahin.

»Nein, dann will ich lieber aufhören zu arbeiten«, sagte Frau Tandberg resigniert und ließ die Hände in den Schoß sinken.

»Siehst du, Großmutter,« rief Birgit ganz empört aus, »das ist denn doch zu arg! So ist Knud immer; er läßt nicht nach, und wenn er sein Leben hergeben sollte. Aber *diesmal* soll er seinen Willen nicht haben.«

Sie erhob sich, ganz dunkelrot vor Zorn. »Wenn wir alle anderen nun darüber einig sind, daß die Lampe hier am besten steht, so soll sie hier auch stehen bleiben.« Und in einem Nu hatte sie die Lampe wieder auf den Tisch zurückgestellt. »Nicht so hitzig, Birgit!« sagte Knud ruhig. »Ich wußte ja nicht, daß euch anderen so sehr darum zu tun war.«

»Nein, so etwas weißt du niemals!« Birgits Stimme bebte. »Du ahnst überhaupt nicht, daß außer dir noch Menschen in dieser Welt existieren.«

»Zuweilen doch!« murmelte er vor sich hin und nickte Margrete heimlich zu.

Es entstand eine Pause.

»Du bist ja sehr redselig, Friedrich«, sagte Knud plötzlich. Frau Tandberg und Margrete lachten, Jamborg aber erwiderte ruhig: »Ja, das sagst du wohl!«

»Aber wie können Sie es nur aushalten, so dazusitzen und zu schweigen, Friedrich?«

»Ich komme ja nicht hierher, um zu reden«, lautete die Antwort.

»Nein, das merkt man«, lachte Knud.

»Was macht eigentlich Ihr Protegé?« fragte Frau Tandberg, als abermals einige Minuten in tiefem Schweigen verstrichen waren. »Etwas so Entsetzliches wie seine beiden letzten Bilder können Sie doch wohl nicht verteidigen, Friedrich?«

»Sie sollten nicht über Dinge sprechen, die Sie nicht verstehen, gnädige Frau!« Jamborgs Stimme war auf einmal wie umgewandelt. »Er ist unbedingt der tüchtigste von uns jüngeren Malern. Er ist geradezu genial.«

»So – ach«, erwiderte Frau Tandberg, ihre Augen der Decke zuwendend. »Freilich, man muß ja mancherlei hören, ehe einem die Ohren abfallen.«

»Etwas so Vorzügliches wie dieser alte, zerlumpte Kerl, der Mist auf seiner Schubkarre fährt, während er auf seinem Priem kaut und mit dem bösen Blick und den harten Zügen vor sich hinstarrt –« Jamborg hatte sich plötzlich aufgerichtet und sprach so eifrig, daß ihm die Stimme überschnappte – »und so gebeugt von der Last der Arbeit und der Sorge, wie diese Gestalt es ist, und gar die Beine, denen man den mühseligen Kampf eines ganzen Lebens ansieht, und die durch Schwielen und Hühneraugen entstellten Füße!«

»Pfui, Jamborg!« unterbrach ihn Frau Tandberg unwillig. »Wie kann man nur einen so unästhetischen Stoff wählen?«

»Ja, natürlich! Das ist immer die alle Leier!« rief Jamborg heftig aus, indem er sich erhob. »Bietet dem Publikum gute Kunst in neuen, originellen Formen, und es hat nichts als Schmähworte und Verhöhnung für euch!«

»Ereifern Sie sich nur nicht so«, ermahnte Frau Tandberg.

»Nun ja, es ist auch schließlich ganz einerlei,« sagte Jamborg und setzte sich wieder, »denn in fünfzig Jahren, ja wohl schon früher, wird nicht einmal eine so vermögende Witwe wie Sie, Frau Tandberg, imstande sein, ein Bild wie das eben besprochene zu kaufen.«

»Hau ihn, Lukas!« flüsterte Knud, der Mutter munter zunickend.

»Das reden Sie jemand anderem ein, Friedrich«, entgegnete sie ungläubig lächelnd.

»Freilich, man kann ja nichts anderes erwarten«, erwiderte Jamborg ärgerlich. »Wie sollten Sie auch Verständnis für das haben, was uns die Genies erzählen, diese hellsichtigen Wesen, die eine neue Zeit verkünden.« Seine Stimme zitterte, seine Augen glänzten.

»Nein, jetzt, glaube ich, geht die Welt unter!« rief Frau Tandberg aus.

Jamborg wollte antworten, wurde aber durch Birgit unterbrochen. »Sie haben recht, Jamborg, ich bin ganz Ihrer Ansicht, und wir wissen ja, daß Knud es ebenfalls ist. – Weshalb sagst du es eigentlich nicht?« Sie wandte sich mit zusammengezogenen Brauen ihrem Gatten zu.

»Dann hätte Friedrich ja gar keine Gelegenheit gehabt, seinen Mund aufzumachen! Es tut einem förmlich gut, einmal zu sehen, daß noch Leben in ihm ist.«

Jamborg zündete sich eine neue Zigarette an, lehnte sich behaglich zurück und sah aus, als wolle er sich für den Rest des Abends zur Ruhe begeben.

»Wie geht's mit Ihrem Malen, Frau Tandberg?« fragte darauf Margrete.

»Danke für gütige Nachfrage,« antwortete Birgit, »es geht sehr gut und mir macht es Freude.«

»Nach Verlauf von wenigen Jahren sind wohl auch Birgits Bilder selbst für vermögende Witwen unerschwingbar«, spottete Knud.

Jamborg tat, als habe er nichts gehört.

»Wenn du so fortfährst, Knud, dann verlasse ich das Zimmer!« Birgits Stimme klang scharf und die Worte überstürzten sich fast, ihre Augen blitzten.

»Daß ich dir einen Platz unter den Unsterblichen prophezeie, Birgit, das kannst du doch im Grunde nicht –«

Er hatte seine Rede noch nicht beendet, als sich Birgit erhob und mit hastigen Schritten das Zimmer verließ.

»Unterlaß doch das ewige Necken, Knud«, sagte Frau Tandberg, indem sie mißbilligend den Kopf schüttelte. »Du weißt doch nachgerade, daß Birgit es nicht vertragen kann.«

»Mein Gott, wie kann man auch nur so empfindlich sein!« seufzte Knud und sah ganz unglücklich aus. »Geh zu ihr und bitte sie, daß sie wiederkommt, Friedrich.«

Jamborg erhob sich sofort.

»Soll ich sie in deinem Namen um Verzeihung bitten?« fragte er.

»Ach ja, tu das und versprich ihr, daß ich mich mäuschenstill verhalten will.«

Gleich darauf kam Birgit in Jamborgs Begleitung wieder ins Zimmer.

»Du mußt es entschuldigen, Großmutter, und Sie ebenfalls, Fräulein von Falsen, daß ich eine solche Szene aufführe, aber ich *will* mich nicht in Knuds Übergriffe – auch auf diesem Gebiet – finden, und das wollte ich ihm einmal zeigen.«

»Übergriffe!« wiederholte Knud und sah seine Gäste erstaunt an.

»Ja, Übergriffe! Das Wort ist dir unbequem, nicht wahr? Es beschränkt dich! Du kannst es nun einmal nicht leiden, daß ich male – aus welchem Grunde, das mögen die Götter wissen – und deswegen läßt du kein Mittel unversucht, um mich zu bewegen, diese Beschäftigung aufzugeben. Du willst mich so lange quälen und ärgern und verspotten und verhöhnen, bis du mir die Sache verleidet hast. Aber das soll dir nicht gelingen. Das Malen ist das einzige auf der Welt, wofür ich Interesse habe.«

»Was für Ausdrücke du gebrauchst, Birgit!« sagte Knud unwillig.

»Ich finde auch, daß du die Sache zu ernst nimmst!« ermahnte Frau Tandberg.

»Du mußt ihn wirklich nicht noch bestärken, Großmutter! Knuds Spottsucht ist tatsächlich nicht mehr zu ertragen.« »Denk doch an dich selber, Birgit, wie du seine Musik verhöhnt hast! Ich finde, ihr gebt einander nichts nach!«

»Verhöhnt? Niemals!« entgegnete sie energisch. »Aber ich interessiere mich nicht dafür und verstellen kann ich mich nun einmal nicht.«

»Waren Sie auch böse auf mich, gnädiges Fräulein, weil ich Sie vorhin allein gehen ließ?« fragte nun Knud Margrete mit einem

Lächeln, das um Verzeihung bat, und mit einem übermütigen Augenzwinkern.

»Ach nein«, erwiderte sie schnell und beugte sich herab, um ihr Taschentuch aufzunehmen, das zur Erde gefallen war.

»Ich will meine Unhöflichkeit wieder gutmachen, indem ich Sie heute abend nach Hause begleite.«

»Aber Friedrich hat ja denselben Weg, Knud«, warf Frau Tandberg hin.

»Nein, da irren Sie, gnädige Frau«, sagte Jamborg.

»Ach – ich vermutete, Sie würden direkt nach Hause gehen. – Das wäre Ihnen auch sehr dienlich!« fügte sie in mütterlich ermahnendem Tone hinzu.

»Ja, da mögen Sie recht haben!« lachte Jamborg, »aber deswegen tue ich's doch nicht.«

»Es ist angerichtet!« sagte ein Mädchen, das in der Tür zum Vorschein kam.

Alle erhoben sich.

»Du solltest wirklich Vernunft annehmen«, flüsterte Knud Jamborg im Vorübergehen ins Ohr. »Du ruinierst dich bei einem solchen Leben, Junge«, ein lautloses, glucksendes Lachen erstickte die letzten Worte.

Und dann begaben sie sich in das Eßzimmer. Knud und Margrete waren die letzten.

In dem Boudoir, das nur von dem Lichte der Wohnstube erhellt war, faßte Knud Margrete blitzschnell um die Taille und beugte ihren Oberkörper mit einer solchen Gewalt hintenüber, daß ihre Figur, während er sie küßte, förmlich einen Bogen beschrieb.

»Denk an den Spiegel!« brachte sie mit Mühe hervor.

»Siehst du wohl, daß es das richtigste war, daß du hierher gingest?« flüsterte er. »Das Klügste, was du tun konntest! Mutter hatte uns gesehen! Sagte ich's nicht?«

»Ja, Knud – aber ich tue es nicht zum zweitenmal! Du ahnst nicht, wie entsetzlich es ist.« Sie entzog sich ihm lautlos und eilte ins Eßzimmer.

Die anderen waren gegangen, und Jamborg war mit Birgit allein geblieben. Er wolle noch eine Weile sitzen bleiben, hatte er zu Knud gesagt, als dieser sich erhob, um Margrete nach Hause zu begleiten.

Birgit nahm, ein wenig von Jamborg entfernt, in dem niedrigen Schaukelstuhl Platz, auf dem sie am Abend gesessen hatte, ehe die anderen gekommen waren. Ungeniert legte sie die Hände unter den Nacken, schaukelte langsam hin und her und blickte in die Luft.

Ohne ein Wort zu sagen, setzte sich Jamborg so hin, daß er ihr Gesicht sehen konnte. Darauf zog er einen gepolsterten Lehnstuhl heran, schob ihn zwischen seine Beine, legte beide Hände auf die Rücklehne und stützte das Kinn darauf. Es währte eine ganze Weile, ehe er eine bequeme Stellung gefunden hatte; als ihm das aber gelungen war, saß er ganz still da, mit den Augen unverwandt Birgits wiegender Bewegung folgend. So saßen sie eine ganze Weile schweigend da.

»Finden Sie nicht, daß Knud in der letzten Zeit anders geworden ist?« sagte Birgit endlich, ohne die Augen zu senken.

Jamborg erhob das Kinn genau so weit, daß er verständlich antworten konnte, und sagte: »Nein, das finde ich nicht«, dann ließ er es wieder fallen.

»Er ist so rastlos«, fuhr Birgit fort, »und, ich möchte sagen, in seiner ganzen Art und Weise gleichsam mehr wach. Er ist gar nicht mehr so phlegmatisch und bequem wie sonst.« Sie sprach in nachdenklichem Tone und mit kleinen Zwischenräumen. »Ja – er ist anders geworden«, fügte sie bestimmt hinzu. »Beachten Sie es nur, dann werden Sie es auch bemerken!«

Es entstand eine kleine Pause.

»Weshalb antworten Sie nicht?« fragte Birgit plötzlich, noch immer, ohne ihn anzusehen.

»Sie haben mich ja nach nichts gefragt.«

Die Worte kamen so träge heraus, abermals erhob er das Kinn ein wenig.

»Er neckt auch nicht mehr so viel wie sonst«, fuhr sie fort. »Er hat sich wirklich gebessert; aber ich will es ihm ganz abgewöhnen.«

»Sitzen Sie lieber still«, erwiderte Jamborg. »Meine Augen werden so müde von dem ewigen Hinundherschaukeln.«

»Dann können Sie Ihren Augen ja ein anderes Ziel geben«, entgegnete Birgit, ruhig weiterschaukelnd.

»Nein, das kann ich nicht.«

»Dann sollten Sie sich wenigstens nicht beklagen.«

»Ja, daran bin ich gewöhnt.«

»Betrachten Sie einmal diese Leinwand hier«, rief Birgit nach einer Weile lebhafter aus, indem sie sich erhob und auf die Staffelei zutrat. »Was soll ich mit dem Klecks von See dort machen? Ich bin nicht imstande, Ausdruck da hineinzubekommen.«

Jamborg war ihr gefolgt. Er betrachtete das kleine Stück bemalter Leinwand, indem er das eine Auge zukniff.

»Ich glaube, Sie haben zu viel Schwarz aufgeschmiert.«

»Aber die Bäume hier, die sind doch schön!« fragte Birgit und trat einen Schritt zurück, um besser sehen zu können.

»Ja, wenn ein wenig mehr Luft dazwischenkommt.«

»Ja, Luft – freilich, das ist leichter gesagt als getan.« Birgit drehte und wendete den Kopf nach allen Seiten, während sie das Bild betrachtete. »Es ist im Grunde ein fürchterlicher Kitsch«, rief sie plötzlich aus, indem sie sich umwandte und sich in einen Lehnstuhl warf, die Arme über der Brust gekreuzt.

»Ja, da haben Sie recht«, stimmte Jamborg ein und versank wieder in seine frühere Stellung.

»Ach ja! Es ist wohl schon spät«, sagte darauf Birgit mit lautem Gähnen.

Jamborg antwortete nicht. Er saß nur da und starrte mit den Augen vor sich hin. Sein Blick erinnerte an den eines Vogels, der sich im Bann einer Schlange befindet.

»Was malen Sie jetzt eigentlich, Jamborg?« fragte Birgit mit eine Miene, als wenn die Antwort sie nicht im geringsten interessiere.

»Ich male nichts von Bedeutung in dieser Zeit.« Seine Stimme hatte bei jeder Antwort, die er gab, einen verdrießlichen Klang, als irritierten ihn ihre Fragen.

Birgit gähnte abermals. »Ach, Jamborg, wissen Sie was, ich bin wirklich müde!« und sie fuhr mit der Hand über die Augen, die feucht vom Gähnen waren.

»Sie werfen mich aus der Tür?« Es kam etwas Finsteres, Schmerzliches in seinen Blick.

»Ja, wenn ich aufrichtig sein soll, Jamborg. – Sie sind auch so langweilig«, fügte sie in einem fast ärgerlichen Tone hinzu.

Er erhob sich und trat dicht an sie heran.

»Soll dies denn niemals anders werden?« Er war bleich, und seine Stimme zitterte. »Wollen Sie fortfahren, mich so zu peinigen, bis – ja, was weiß ich. Werden Sie niemals finden, daß es genug ist?«

»Ich denke, das haben wir ein für allemal erledigt, Jamborg.«

Birgit erhob sich, und ihr Ton und ihre Miene waren abweisend. »Ich habe Ihnen ja alles ganz ehrlich gesagt.«

»Als es zu spät war, ja. Hätte ich von Anfang an gewußt, daß Sie nur Ihr Spiel mit mir trieben –« er sprach leise, gleichsam kurzatmig und hatte beide Hände geballt.

»Ja, ich weiß, daß es unrecht war, Jamborg,« erwiderte sie hastig und gereizt, »und ich habe Sie deswegen ja schon um Verzeihung gebeten. Ich langweilte mich so entsetzlich, und Ihre Huldigungen füllten mich gewissermaßen aus. Verliebt bin ich niemals in Sie gewesen.«

»Aber Sie taten Ihr Bestes, um mich so verliebt wie möglich in Sie zu machen«, sagte er mit zusammengebissenen Zähnen.

»Durchaus nicht, Jamborg! Für mich war es ein Spiel, wenn Sie wollen! Wie konnte ich nur ahnen, daß Sie die Sache so ernsthaft nehmen würden! Sie sind ja sooft verliebt gewesen, und es ist immer wieder vorübergegangen. – Und außerdem,« sie erhob ihre Stimme wie jemand, der sich immer mehr in Zorn hineinredet, »was wollen Sie mir eigentlich vorwerfen? Das Spiel war ja gleich gefährlich für uns beide. Ich war derselben Gefahr ausgesetzt wie Sie.

Wenn nun die Rollen vertauscht wären, wenn *ich* mich nun in Sie verliebt hätte und Sie meine Neigung nicht erwiderten? Dann müßte ich doch wohl hübsch stillschweigen, ich dürfte doch sicher nicht so viel Wesens davon machen und Sie zur Verantwortung ziehen. Es ist doch wirklich zu arg, daß Sie mich nicht in Ruhe lassen können.«

Sie ging durch das Zimmer, die Absätze heftig aufsetzend und ihren Haarknoten mit der Hand befestigend.

»Sie reden gar zu überlegen«, sagte er hastig. »Wenn Sie mich geliebt hätten, so wäre ich Ihnen zu Füßen gefallen und hätte Sie angebetet. Das wissen Sie sehr wohl.«

Sie wandte sich um und kam schnell auf ihn zu.

»Aber weshalb soll ich es entgelten, daß Sie nicht imstande sind, mich zu fesseln?«

Er streckte die Hand aus, als wolle er sie auf ihren Mund legen und verzerrte das Antlitz wie im Schmerz.

»Und wenn Sie mich geliebt hätten, was dann?« murmelte er.

»Dann hätte ich mich offen und ehrlich mit Ihnen verheiratet«, erwiderte sie, sich auf die Zehen hebend und ihm in die Augen schauend.

Er sah sie mit einem Blicke an, als wolle er sie durchbohren, während seine Lippen bebten und seine Nasenlöcher sich bewegten.

»Gute Nacht!« sagte er dann ruhig und streckte die Hand aus. Sie nahm sie und fühlte, daß sie feucht und kalt war.

Er ließ ihre Hand sofort wieder sinken und ging auf die Türe zu.

»Noch eins, Jamborg!« fügte sie hinzu; »wollen wir es nicht ein für allemal ausmachen, daß wir einander als Kameraden betrachten? Dann können wir viele angenehme Stunden von unserem Verkehr haben.«

Er ging, ohne zu antworten; einen Augenblick später aber öffnete er die Türe ein klein wenig, steckte den Kopf hinein und sagte mit einer Stimme, als wolle er die Worte gleichsam ins Zimmer hineinschleudern: »Zum Teufel mit der Kameradschaft!« Dann verschwand er, die Türe geräuschvoll hinter sich zuschlagend.

Birgit, die bei diesem unerwarteten Abschluß heftig zusammengefahren war, hörte, wie er die Entreetüre öffnete und schloß, worauf der Laut seiner Schritte auf der Treppe verhallte. Sie blies die Lampen aus, öffnete ein paar Fenster und begab sich dann ins Schlafzimmer.

Während sie sich entkleidete, kam ihr der Gedanke, ob sie nicht im Grunde zu heftig gegen Knud gewesen sei, als er sie mit ihrem Malen geneckt hatte. Es war ja häßlich von ihm gewesen, aber doch – sie war gleich so gegen ihn aufgebraust, und er hatte ihr so freundlich und gutmütig geantwortet. Je mehr sie darüber nachdachte, desto größer erschien ihr ihr Unrecht gegen ihn. Wenn er jetzt dagewesen wäre, würde sie ihm gesagt haben, daß sie ihre Heftigkeit bereue. Wenn er nur nicht gegangen wäre! Aber wenn sie ihn nun erwartete? Er mußte ja bald kommen! Ja, das wollte sie tun.

Sie steckte die Füße in ein Paar weicher Filzpantoffel, band einen Schal über ihr Nachtgewand und schlich in das Musikzimmer, wo eine Lampe unter einem rosenroten Schirm brannte. Hier kroch sie auf dem Sofa zusammen, zog die Knie bis an die Brust hinauf und umschlang sie mit den Armen.

Aber vielleicht war es ein dummer Plan! Wenn Knud sich nur über ihr Aufbleiben wunderte, so würde sie verlegen werden, und dann war das Ganze höchst ärgerlich. Sie saß da und überlegte, ob es wohl nicht das richtigste sein würde, zurückzuschleichen, und wieder in ihr Bett zu kriechen. Aber trotzdem blieb sie sitzen; es war, als sei sie verzaubert, als gehöre eine kräftige Anstrengung dazu, um sich von diesem Zauberbann zu befreien.

Ja, aber jetzt wollte sie Ernst machen. Sie nahm sich zusammen und löste die Arme, die ihre Knie umklammert hielten. Still – kam da nicht jemand? – Ja, nun war es zu spät – das waren Knuds Schritte.

Gleich darauf öffnete sich die Tür und Knud trat ein. Birgit sprang vom Sofa, flog ihm mit ausgebreiteten Armen entgegen und sagte hastig: »Sei mir nicht böse, Knud, weil ich vorhin so häßlich war – ich war viel heftiger, als es sich schickt!«

Knud, der keine Ahnung davon hatte, daß sich jemand im Zimmer befand, erschrak so, daß er hintenüber taumelte.

»Bist du von Sinnen, Birgit?« rief er. »Du kannst einen ja um den Verstand bringen, so zu nächtlicher Zeit! Du großer Gott, wie ich mich erschrocken habe!«

»Ja, so geht's, wenn man es so recht gut machen will«, sagte Birgit kleinlaut. »Ich konnte nicht schlafen, ehe ich dir gesagt hatte, daß ich dir gegenüber unrecht gehandelt habe, Knud.«

»Das ist wirklich nicht des Aufhebens wert«, antwortete Knud gleichgültig und schritt an ihr vorüber auf den Tisch zu, wo er einige Notenhefte ordnete. »Ich hatte es wirklich schon längst wieder vergessen.«

»Es ist ja sehr schön, wenn man so nachsichtig ist«, erwiderte Birgit kühl und tastete mit dem Fuß auf dem Boden, um ihren einen Pantoffel zu finden, den sie beim Laufen verloren hatte.

»Steh nicht da und erkälte dich, Birgit!« sagte Knud ungeduldig. »Geh hinein und leg dich schlafen.«

»Ja! Ich gehe schon!« rief sie heftig. »Ich darf doch wohl erst meinen Pantoffel suchen!«

Als sie im Bett lag, ballte sie die Hände so, daß ihre Gelenke förmlich krachten, und sagte ganz laut: »Ja, dieser Knud, dieser Knud! Er taugt auch in der Wurzel nichts! Oh, wie er mir zuwider ist!«

Knud blieb noch lange in seinem Zimmer. Er saß dort und rauchte eine feine Havannazigarre und durchlebte noch einmal die Begebenheiten des Abends.

Ein ruhiges Lächeln breitete sich über seine Züge aus. Hin und wieder machte er eine Bewegung mit der Hand und strich sich dann über Mund und Kinn.

»Was nur Friedrich gedacht haben mag?« Er lachte leise vor sich hin. »Gott weiß, ob er die ganze Sache nicht durchschaut.« Zweimal war er ihnen an diesem Abend auf entlegenen Wegen begegnet, und das eine Mal hatte er getan, als sähe er sie nicht. Freilich, er war der Ungefährlichste von allen, denn für ihn gab es ja nichts weiter in der Welt, als dazusitzen und Birgit anzustarren. – »Verrückter Kerl, dieser Friedrich, geradezu verrückt!« – Die Sache mit Birgit war im Grunde feige und schändlich, aber was half's, es ließ sich ja nichts dagegen machen. Daß sie auch gerade heute abend darauf verfallen mußte, liebenswürdig zu sein! Und er hatte noch soeben auf dem Heimwege darüber nachgedacht, ob es nicht das beste sei, wenn er sich ein Herz faßte und ihr offen und ehrlich sagte, wie es um ihn stehe, und dann alles in ihre Hände legte. Aber im selben Augenblicke, als er sie mit ausgebreiteten Armen hatte vor sich stehen sehen, war es ihm klar gewesen, daß es ihm ganz unmöglich sein würde, ihr auch nur ein Wort davon zu sagen, ebensogut hätte er hingehen können, um ihr den Hals abzuschneiden.

Wie aber sollte dies nur einmal enden? Auf die Dauer konnte es so nicht weitergehen. Ei was! er war viel zu glückselig, um sich lange mit solchen Gedanken zu befassen.

Es waren mehrere Monate vergangen, und man befand sich jetzt zu Anfang Juli. Knud hatte Birgit gesagt, er wolle die Ferien dazu verwenden, um etwas zu komponieren, deswegen müsse er den ganzen Sommer in der Stadt bleiben. Seine Mutter, die eine Villa auf dem Lande besaß, hatte Birgit und die Kinder eingeladen, einen Monat bei ihr zuzubringen.

In der Tandbergschen Wohnung waren die Rouleaus sowohl im Salon wie im Boudoir herabgelassen. Alle Blumen waren ins Eßzimmer gesetzt, von dessen breitem Erkerfenster die Gardinen abgenommen waren.

Das Mädchen war damit beschäftigt, die gestickten Stühle und kleinen, feinen Peluchetische mit Zeitungspapier und Überzügen zu bedecken. Teppiche und Sofakissen waren fortgelegt, und einzelne Nippesgegenstände mit Flor verhüllt.

»So, Karen, jetzt ist es gut genug«, sagte Birgit, die gerade ins Zimmer trat. »Wir bleiben ja nicht so lange fort.«

»Ich muß nur noch dies über die Albums legen«, erwiderte Karen, ein Stück altes Gardinenzeug ergreifend.

»Nein, das will ich gebrauchen.« Birgit riß es ihr aus der Hand.

»Sie können eine Zeitung nehmen. Und dann gehen Sie hinein und helfen Sie Nille, das Kinderzeug einzupacken, sonst wird sie im Leben nicht fertig.«

Das Mädchen ging, und Birgit hüllte den Gardinenstoff um ihre halbfertigen Gemälde, die sie auf die Staffelei stellte.

Dann begab sie sich in das Schlafzimmer, um ihre eigenen Sachen zu packen.

Im Musikzimmer saß Knut und gab Frau Guve eine Klavierstunde. Jedesmal, wenn er sie korrigierte, beugte sie sich über die Tasten, stieß einen leisen Schrei aus, wandte den Kopf um und sah von der Seite zu ihm auf mit flehenden Augen, die Zungenspitze durch die Lippen schiebend.

»Wie entzückend unglücklich Sie aussehen, gnädige Frau, wenn Sie einen Fehler machen!« Knuds Stimme klang fröhlich und einschmeichelnd. »Sie machen ein Gesicht wie ein reizender kleiner Backfisch!«

»Ach, Sie!« erwiderte sie, verwirrt ihre Locken schüttelnd. »Es war Ihre Schuld, daß ich den Fehler machte, Herr Tandberg – Sie bringen mich aus der Fassung.« Sie hielt mit dem Spielen inne und warf ihm einen ihrer feurigsten Blicke zu.

»Fangen Sie, bitte, noch einmal wieder ganz von vorn an, gnädige Frau«, schlug Knud vor. »Sie müssen sich Mühe geben, mit loserem Handgelenk zu spielen. Ihre Stakkatos sind noch gar nicht gut.« Er stellte sich hinter sie, erfaßte ihre beiden Arme und zeigte ihr, wie sie die Hand im Gelenk heben und wie sie wieder herabfallen müsse.

»Ja, wenn ich nur immer Ihre Hilfe dabei hätte«, seufzte sie und lehnte sich gegen die Knöpfe seiner Weste, indem sie fast die Augen verdrehte, um seinem Blick zu begegnen.

»Ach, lassen Sie das! Glauben Sie, daß ich unterrichten kann, wenn Sie die Feuerstrahlen ihres Auges gerade auf mein Gesicht richten? Bitte, sehen Sie auf Ihre Hände herab, – so.« – Er faßte mit der einen Hand um ihren Kopf und beugte ihn vornüber. Dann machte er noch einige Übungen mit ihrem Handgelenk und setzte sich darauf neben sie, während sie das Stück durchspielte.

»Das war also die letzte Stunde vor den Ferien«, sagte Frau Guve mit einem Seufzer, indem sie sich erhob. »Ich werde meine Stunden sehr vermissen.«

Sie sah ihn verliebt an.

»Und ich gar, gnädige Frau! Was soll ich nur sagen!«

»Ach, Sie! Sie haben ja so viel anderes! Spielen Sie nicht auch mit Fräulein von Falsen?«

»Nein! Wie kommen Sie nur darauf?« fragte Knud, ohne sie anzusehen und auf dem Klavierstuhl hin und her rückend.

»Ach, ich meinte nur.« Sie sah zurückhaltend aus.

Knud klappte ihre Noten zusammen und legte sie in ihre Mappe. »Es nützt wohl nichts, daß ich Ihnen diesmal etwas zu üben aufgebe; Sie verreisen ja.«

»Ja, und wie wird es?« sie band ihre Hutschleife zu, »werden Sie einen kleinen Ausflug nach dem Sanatorium machen?«

»Das könnte doch nur sein, um Sie dort zu treffen, gnädige Frau.« Er sah aus, als habe er die schrecklichste Lust dazu.

»Ich kann mir schon ausmalen, wie gemütlich wir da oben zusammen leben könnten!« sie nickte und lachte ausgelassen. »An einem solchen Ort ist man viel ungenierter; – es ist ganz anders als hier – was hab' ich nicht alles über die paar Besuche hören müssen, die Sie mir gemacht haben.« Sie verzog den Mund prüde und sah gekränkt aus.

»Wenn nur der Weg nicht so entsetzlich lang wäre!«

»Ach was, der Weg! Es geht ja bis oben hinauf durch die entzückendste Gegend. Wenn nur das richtige Zugpflaster vorhanden wäre, dann –« Sie drohte mit einem schelmischen Lächeln.

»Das sind Sie ja, gnädige Frau!« Er trat dicht an sie heran und sah mit halbgeschlossenen Augen auf sie herab. »Und Sie wissen, daß das hinreichend ist.«

»Nein, wie kokett Sie sind!« lachte sie. »Wenn man sich nur auf Sie verlassen könnte!« Sie ging in einen ernsten Ton über und schüttelte zweifelnd den Kopf.

»Das können Sie ruhig tun, gnädige Frau«, erwiderte er mit einem einschmeichelnden Lächeln.

»Ja, geben Sie mir einen Beweis davon! Kommen Sie nach Gausdal, während ich dort bin,« sie beugte sich zu ihm hinüber, »dann will ich Ihnen etwas erzählen.« Die letzten Worte sprach sie in flüsterndem Ton.

»Was kann das nur sein?« fragte er interessiert.

Sie betrachtete ihn mit einem zärtlichen Blick und blinzelte unruhig mit den Augenlidern.

»Daß Sie der unausstehlichste Mensch sind, den ich jemals gekannt habe.« Sie sagte das lächelnd, aber mit einer energischen Betonung, während eine flüchtige Röte über ihr Antlitz huschte. Dann wandte sie sich um und griff nach ihrer Musikmappe.

»Ich komme!« rief er übermütig aus.

Sie reichte ihm die Hand zum Lebewohl. Mit einer galanten Bewegung führte er sie an seine Lippen.

»Dann erwarte ich Sie also ganz bestimmt«, sagte sie mit einem nervösen Beben der Stimme, indem sie auf die Türe zuging.

»Die alte, abgetakelte Person«, murmelte Knud, als er wieder ins Zimmer trat, nachdem er sie bis an die Entreetüre begleitet hatte. Er runzelte die Nase und stieß einen knurrenden Laut aus. »Pfui Kuckuck! Wie aufdringlich sie ist! Nach dem Sanatorium kommen! Da schneiden Sie sich gewaltig, meine Gnädige!« Er lachte leise. »Dann müßte Margrete nicht hier in der Stadt sein! – Sie wird natürlich rasend, die Alte! Aber zum Teufel auch, was schert mich das! Ich will sie schon wieder besänftigen, wenn es sich der Mühe verlohnt. Genützt hat sie uns doch. – Jetzt reden sie wenigstens ebensoviel über sie und mich wie über mich und Margrete – ja mehr, denn ihr trauen alle eine Frivolität zu, während Margrete – ach, meine entzückende, jugendliche Margrete! Wenn ich nur deinen teuren Namen schützen könnte!«

»Du mußt mir ein wenig Geld geben, Knud, denn nun wollen wir fort«, sagte Birgit, indem sie die Eßstubentür öffnete und sich reisefertig auf der Schwelle zeigte.

Knud zog sein Portemonnaie heraus und reichte ihr einige Scheine.

»Danke, das genügt«, sagte Birgit, als er Miene machte, ihr mehr zu geben.

»Wenn ihr nur rechtzeitig kommt«, bemerkte Knud, nach seiner Uhr sehend.

»Das denke ich, wir haben eine Droschke. Fährst du nicht mit uns bis ans Dampfschiff? Nille kann auf dem Bock sitzen.«

»Das ist wohl überflüssig, Birgit«, sagte er in entschuldigendem Tone.

»Eine Notwendigkeit ist es nicht, ich dachte nur, es würde dir Vergnügen machen, die Kinder zu sehen. Sie sind ganz außer Rand und Band vor Freude.«

»Grüße auch die Mutter und die Schwestern, Birgit.«

»Kann ich sagen, daß du am Sonnabend kommst? Denn danach werden sie ja natürlich sofort fragen. Also auf Wiedersehen, Knud!« Sie reichte ihm die Hand und küßte ihn flüchtig auf die Wange. »Da höre ich die Kleinen in dem Entree!«

Knud ging hinaus und küßte die Kinder.

»Laßt es euch recht gut gehen, Birgit!« sagte er dann.

»Ja, und du gleichfalls«, erwiderte Birgit. »Richte dich nur so gut ein, wie du kannst. Des Mittags ißt du wohl außer dem Hause?«

»Ja, oder auch nicht. Die Köchin bleibt ja hier.«

Und dann ging er ins Musikzimmer zurück. Vergnügt rieb er sich die Hände, hüpfte durch das Zimmer und knipste mit den Fingern. Er konnte es nicht aushalten da drinnen, sondern riß alle Türen zum Eßzimmer, zum Boudoir und zum Salon auf. Dann tanzte er im Polkatakt durch die ganze Zimmerreihe, die Daumen in die Ärmellöcher der Weste steckend und vor sich hinsingend: »So herrlich allein – alle sind fort – heute abend, heute abend! Zum erstenmal – allein bei mir – im eigenen Haus! Hurra! Hurra!«

Margretens Eltern und ihre beiden unkonfirmierten Schwestern waren in ein Bad gereist. Die Brüder machten eine Fußtour ins Gebirge, und sie selber verbrachte die Sommermonate bei der alten Großmutter, die ein Landhaus in der Nähe der Stadt bewohnte. Schon als Kind war Margrete viel bei der Großmutter gewesen, sie pflegte ganze Wochen bei ihr zuzubringen.

In diesem Jahr hatte sie die Großmutter verstehen lassen, daß sie tausendmal lieber bei ihr bleiben als mit den Eltern ins Bad gehen wolle, wie es ursprünglich beabsichtigt gewesen, und die alte Dame, deren Augapfel Margrete war, hatte es nicht viel Mühe gekostet, die Sache nach Wunsch zu ordnen.

Vierzehn Tage, nachdem Birgit zu ihrer Schwiegermutter aufs Land gezogen war, hatte sie eine Einladung zu einer großen Abendgesellschaft bei einigen alten Freunden des Tandbergschen Hauses erhalten, die eine Villa nicht weit von Frau Tandbergs Landhaus bewohnten. Knud war auch dort. Seine Mutter hatte gemeint, er solle sie des Abends nach Hause begleiten und bei ihnen übernachten; er aber hatte diese Aufforderung ausgeschlagen und war mit einem Extradampfer, den einige der Gäste gemietet hatten, wieder zur Stadt zurückgekehrt.

Auch Margrete von Falsen war unter den Gästen gewesen.

Auf dem Rückwege war Birgit ungewöhnlich schweigsam. Sie saß zurückgelehnt in der einen Wagenecke neben Frau Tandberg und sprach kein Wort. Als eine der Schwägerinnen sie anredete, ohne eine Antwort zu erhalten, rief Frau Tandberg aus: »Weiß Gott, Birgit ist eingeschlafen!«

Aber Birgit schlief nicht. Sie saß nur mit geschlossenen Augen da und litt unter einem Gefühl von Unruhe und Niedergeschlagenheit, das an ihrem Innern nagte und sie wie alte Gewissensbisse beschwerte.

Als der Wagen vor dem Landhause hielt, tat Birgit, als ob sie plötzlich erwache, sagte schnell »Gute Nacht«, sprang aus dem Wagen und lief die Treppe hinauf, in ihr Schlafzimmer, das sich in dem einen Giebel des Hauses befand.

Sie zündete Licht an, ließ das Rouleau herab, zog die Schuhe aus und begann, in Gesellschaftstoilette, wie sie war, im Zimmer auf und nieder zu gehen, den Kopf gesenkt, das Kinn in der rechten Hand, während sie den Ellbogen mit der Linken stützte.

An diesem Abend war es ihr plötzlich klar geworden, wie es um Knud stand.

Geschehen war im Grunde nichts, aber für sie war es hinreichend gewesen.

Sie hatte im Gartensaal gestanden und mit einigen Herren gesprochen. Es sollte Française getanzt werden, und sie hatte sich dazu engagieren lassen. Und dann war einer von Knuds Freunden gekommen, ein Arzt, der hatte sie gefragt, ob sie nicht wisse, wo ihr Mann sei, er wolle ihn gern zum Visavis haben. Sie hatte sich nach ihm umgesehen und schließlich die Portiere neben sich ein wenig zur Seite geschoben, hatte den Hals vorgestreckt und in das Boudoir hineingeguckt. Dort hatte Knud gestanden und mit Margrete gesprochen. Sie waren nicht allein im Zimmer. Im Sofa in einer Ecke saßen einige junge Herren und Damen und schwatzten und lachten, und es würde nichts Auffälliges bei dem ganzen gewesen sein, wenn nicht Knuds Gesicht – ah, wie ihr das Blut durch die Adern jagte, wenn sie dies Gesicht vor sich sah.

Sie hatte es nur einen einzigen Moment beobachtet, aber trotzdem stand es so lebendig vor ihm – unablässig – dieser strahlende, tief benommene und doch so ernste, nein, eher wehmütige, fast schmerzliche Blick, und dann das Entzücken, das darin lag – ja, was war es doch nur – in den Mundwinkeln? nein, überall, in jeder einzelnen Linie des Gesichts, in seiner ganzen Haltung, die von Kraft und Elastizität strotzte.

So sah Knud eine Frau nicht an, wenn er sie nicht liebte. Sie kannte diese Augen und diese Miene, so hatte er sie einstmals angeschaut, damals, als sie seine Liebe besaß. Dies alles hatte ihr gehört! – Dies beklemmende Gefühl in der Brust, wie es sie schmerzte! Jetzt wußte sie, weshalb es ihr hatte scheinen wollen, als wenn Knud sich nach Verlauf einiger Jahre so verändert hätte. Sie hatte es damals nicht glauben wollen, sondern sich damit getröstet, daß es wohl daher käme, weil sie ihn täglich sähe. Und ebenso wußte sie jetzt, weshalb in der letzten Zeit dieser wunderbare Glanz in seinen Augen gelegen hatte! – Die Liebe hatte ihn verschönert!

Margrete von Falsen also! – Also doch wirklich! – Was war denn eigentlich nur an ihr? Was hatte sie vor ihr voraus? Ja, was konnte es nützen, zu fragen; er liebte sie! Knud liebte sie!

»Ach, Knud, Knud!« flüsterte sie. »Ach, meine Jugend, mein entschwundenes Glück!«

Sie preßte einen Augenblick die Hand vor die Augen und stand still.

Aber, du lieber Gott, weshalb nahm sie sich die Sache eigentlich so zu Herzen? Sie hatte sich ja schon längst mit dem Gedanken vertraut gemacht, daß Knud sie nicht mehr liebe. Ach ja! Aber es war trotzdem abscheulich, daß er eine andere liebte, und zwar mit einem solchen Ernst und einer solchen Kraft. – Sie wußte, welch eine Fülle, welch ein Glück in seiner völligen Hingebung lag, – es war gleichsam, als gönne sie der andern das nicht.

So besaß sein Inneres also doch die Fähigkeit, wiedergeboren zu werden, ebenso frisch und ganz zu empfinden wie damals. Das hatte sie wirklich nicht geglaubt!

Aber dann war es ja ein Unrecht, daß er nicht frei war. Wenn dies Gefühl sich bei ihm entfalten dürfte, so würde es ihn vielleicht viel weiter bringen, ihn zu einem tüchtigeren Menschen machen. Er würde wahrscheinlich etwas Gutes komponieren, wie damals, als er sie liebte.

Ja, er mußte frei sein. Sie sollte ein Hemmschuh für den Mann sein, der sie mit so viel Gutem überschüttet hatte, mit einem so großen Reichtum an süßen Stunden, an Glück und Liebe? Niemals! Er hatte ihr alles gegeben, solange er etwas zu geben hatte. Es war ja nicht seine Schuld, daß es ein Ende nahm. Die Liebe ließ sich ja nicht festhalten durch ein Machtgebot, ließ sich nicht durch eine Willensanstrengung erzwingen.

Obwohl – ihr war es doch gelungen, ihre Gefühle für Arbo zu bekämpfen. Aber das kam natürlich daher, daß ihre alte Liebe zu Knud nicht ganz erloschen war. Mit ihm war es freilich etwas anderes. Seine Liebe zu ihr war längst tot gewesen.

Sie wollte es ihm sagen, daß sie alles erraten habe, daß sie bereit sei, das Band zwischen ihnen zu lösen. Er sollte seine volle Freiheit wieder haben. Sie wollte ihm das Peinliche ersparen, mit einem Bekenntnis zu ihr zu kommen. Denn darüber grübelte er jetzt natürlich nach – davor schreckte er zurück. Sie war ganz sicher, daß er sich mit Margrete auf nichts einlassen würde, ehe er mit ihr gesprochen. Er hatte so viel Achtung vor ihr, daß er sie nicht betrügen würde – wenigstens nicht so handgreiflich.

Wie aber sollte die Sache zwischen ihnen geordnet werden? Sie stand eine Weile da und überlegte. Auf eine Scheidung kam es ja schließlich immer hinaus – offen und ehrlich sollte alles zwischen ihnen sein. Sie knöpfte ihr Kleid auf und fing an, sich zu entkleiden. Es war doch ein Unding, miteinander weiterzuleben, wenn keine Liebe mehr zwischen ihnen existierte. Das erniedrigte und machte das Leben zur Wüste, wie die Großmutter zu sagen pflegte. Wie hart und kalt war sie nicht geworden, sie war geradezu gesunken in diesen Jahren. Und nun gar Knud! Er war förmlich verbummelt, so schlaff und charakterlos! Dann aber hatte die Liebe ihn gerettet, während es noch Zeit war. Er war glücklich – sie aber! Sie verfiel in Grübeleien, während sie auf dem Rande des Bettes saß und ihr Strumpfband löste. Wie arm und elend war sie doch im Vergleich zu ihm!

Sie fuhr zusammen – in dem entgegengesetzten Giebel hörte sie die Schwiegermutter husten.

»Großmama!« dachte sie und nestelte ihr Korsett auf. »Es wird noch Kämpfe kosten, ihnen allen Widerstand zu leisten«, – leise schüttelte sie den Kopf. »Aber es ist nichts dabei zu machen«.

Gott weiß, ob sich Knud nicht widersetzen wird, wenn es schließlich so weit kommt. Jedenfalls wird es ihm schwer werden. Er umgeht so etwas am liebsten. Aber das ist nicht richtig. Gerade durch, das ist nun einmal meine Natur. Morgen fahre ich in die Stadt, gehe zu Knud und spreche frisch von der Leber weg mit ihm.«

Sie zog ihr Nachtgewand über den Kopf und knöpfte es langsam und bedächtig zu. Dann blies sie das Licht aus und ging zu Bett. Aber statt sich auf die Seite zu legen, das Gesicht ins Kissen gepreßt, wie sie es zu tun pflegte, wenn sie schlafen wollte – statt dessen streckte sie sich auf dem Rücken aus, steckte die Hände unter den Nacken und setzte ihre trüben Betrachtungen fort.

Am nächsten Nachmittag gegen vier Uhr ging Knud rastlos in den öden Zimmern auf und nieder. Jeden Augenblick war er draußen in dem Vorsaal und horchte. Dann ordnete er sein Haar vor dem Spiegel, befeuchtete seine Hände mit Eßbouquet, schlug ein Buch auf, blätterte ein wenig darin und ordnete wohl zum zwanzigstenmal das beschriebene Notenpapier, das auf dem Tische lag.

Dann wollte es ihm scheinen, als höre er Tritte auf der Treppe, und diesmal war er endlich sicher, daß er sich nicht geirrt halte. Mit einem glückseligen Lächeln eilte er hinaus und öffnete.

»Endlich!« rief er aus, sie in den Vorsaal hineinziehend. »Du unartiges Kind! Warum hast du mich so lange warten lassen?« Er schloß die Tür, schlang die Arme mit stürmischer Heftigkeit um sie und küßte sie unzähligemal.

»Aber, Knud! Du erstickst mich ja!« sagte sie schließlich und suchte ihr Gesicht zu befreien, während sie sich doch fest an ihn schmiegte. »Wir wollen hier doch nicht stehenbleiben?«

Endlich gab er sie frei, behielt aber ihre Hand in der seinen, während sie den Hut ablegte.

»Willst du mir meine Hand einen Augenblick überlassen,« bat sie, »damit ich den Handschuh ausziehen kann?«

»Nein, das will ich nicht«, erwiderte er und fing an, die langen Handschuhe aufzuknöpfen. »Es ist meine Hand, damit du es weißt!« Er steckte ihre Fingerspitzen in seinen Mund und zog den Handschuh mit den Zähnen ab.

»Darf ich sie etwa nicht küssen?« Er sprach mit der Stimme eines verhätschelten Kindes, indem er sich über die Hand beugte, die er in seinen beiden Händen hielt, und sie mit unzähligen Küssen bedeckte.

»So, jetzt die andere!« lachte sie, ihm eine leichte Ohrfeige gebend.

Allmählich gingen sie, sich innig umschlungen haltend, ins Wohnzimmer.

»Wie ich mich in der letzten Stunde nach dir gesehnt habe!« sagte er, den Mund gegen ihren Hals pressend.

Sie sprang zur Seite und riß sich von ihm los. »Du kitzelst mich!« rief sie, laut auflachend und strich sich übers Ohr.

»Also, ich kitzle dich!« er ahmte ihre Stimme nach. »Wie bezaubernd dein Lachen ist, Margrete. Es klingt wie Perlen, die mit einem plätschernden Laut über Marmor ins Wasser rollen. Tratratra!« lachte er hinter ihr drein.

»Du bildest dir doch wohl nicht ein, daß es Ähnlichkeit hat?« Sie zog den leichten Umhang aus und warf ihn über die Staffelei.

»Wie ist es dir denn seit gestern ergangen?« fragte sie, sich in vornübergebeugter Haltung hinter eine Stuhllehne stellend, die gekreuzten Arme darauf stützend.

»Komm her und küsse mich!« erwiderte er, indem er auf einem Puff Platz nahm.

»Liebst du mich noch ebensosehr wie gestern?« fuhr sie fort, ihn mit freudetrunkenem Lächeln ansehend.

»Komm her und küsse mich! Hörst du? Komm, komm, komm!« Er streckte die Hände aus und glich einem Knaben, der ungeduldig ist, weil er nicht gleich seinen Willen bekommt.

»Ja, dann antworte mir erst«, sie lachte neckisch.

»Ob ich dich liebe – du kleiner Dummbart! Komm nur her zu mir!«

Sie schob den Stuhl beiseite und war mit einem Sprung bei ihm.

»Laß uns lieber in dein Zimmer gehen«, sagte sie nach einer Weile, indem sie mit beiden Händen das Haar von den warmen Wangen zurückstrich. »Hier ist es so dunkel und rumpelkammermäßig.« Und ehe er noch antworten konnte, lief sie durch das Boudoir und den Salon ins Musikzimmer. Er folgte ihr sofort.

»Setz dich einmal hierher«, sagte sie munter und drehte seinen Stuhl so, daß er mit dem Rücken nach dem Licht stand. »Ich will dich frisieren.«

Er ließ sich sofort auf den Sitz nieder, streckte die Beine von sich, lehnte sich ganz hintenüber und übergab seinen Kopf ihrer Behandlung. Sie griff die Sachen mit beiden Händen an, strich die Finger langsam und liebkosend durch sein weiches, leichtgelocktes Haar. Hin und wieder durchfuhr ihn ein leichtes Schaudern, sonst verhielt er sich ganz unbeweglich, mit geschlossenen Augen und einem matten Lächeln saß er da. Von Zeit zu Zeit beugte sie sich herab und küßte ihn leicht auf die Stirn, ohne die Hände ruhen zu lassen.

»So«, sagte er endlich und machte einen Versuch, sich aufzurichten, sie aber faßte ihn mit der einen Hand um den Hals und rief lachend: »Nein. Halt! Jetzt kommt der Kamm!«

Sie zog ein kleines Futteral aus der Tasche, und dann fing sie an, ihn zu frisieren, den Kamm in der einen, eine Bürste in der andern Hand haltend.

»Still!« unterbrach sie ihn plötzlich und horchte. »Hörtest du nicht etwas?«

»Nein«, antwortete er gleichgültig.

»Ich glaubte ganz deutlich zu hören, daß eine Tür geöffnet wurde«, – ihre Stimme klang ängstlich. »Da wieder! Hörtest du es denn eben auch nicht?«

»Nicht das geringste hörte ich!« entgegnete er träge. »Es wird wohl Karen sein, die im Schlafzimmer gewesen ist. Was geht uns das an?«

»Bist du sicher, daß ihr nicht einfällt, hier hereinzukommen?« Sie nahm das Haar abermals in Angriff und sah beruhigt aus.

»Höchstens, wenn uns das Haus über dem Kopf abbrennte; sie hat strenge Order, mich nicht zu stören.«

»So, nun bist du fertig, Knud.« Sie ging auf die andere Seite, um ihn zu betrachten. »Nein, wie es dich kleidet, mit den kleinen, krausen Locken bis in die Stirne hinein! Wirklich zu entzückend! Geh einmal hin und sieh in den Spiegel!«

»Mir ist so wirr im Kopf, und in den Gliedern hab' ich eine so wunderliche Mattigkeit«, sagte er mit einem schwachen Lächeln, indem er sich aufrichtete. »Mir ist, als könnte ich in bloßem Wohlsein und Wohlbehagen vergehen.«

Sie ergriff seine Hände und zog ihn von dem Stuhl in die Höhe.

»Aber was hast du nur? Laß mich einmal sehen«, rief er in ganz verändertem Tone aus. Er drehte sie dem Lichte zu, legte seine Hand auf ihre Stirn, beugte ihren Kopf hintenüber und betrachtete sie forschend. »Du hast rote Flecke auf den Wangen, und deine Augen sind blank und feucht. Du hast doch nicht gar geweint?«

Sie schüttelte den Kopf und senkte den Blick, ihren Mund umspielte ein Zug, der sowohl Lachen als Weinen verkünden konnte.

»Was hast du nur, mein Mädchen? Du mußt es mir sagen«, bat er mit seiner liebevollsten Stimme.

Sie kämpfte einen Augenblick mit sich selbst, dann preßte sie die Hände vor das Gesicht.

»Du mußt nicht weinen, Margrete! Erzähle mir lieber, was es ist.«

»Es ist – ein anonymer Brief«, sagte sie mit unsicherer Stimme, ihre Augen trocknend. »Darin steht, daß der Betreffende mein Verhältnis zu einem gewissen Musiker hier in der Stadt sehr wohl kennt, und dann schimpft er mich aus und gibt mir einen häßlichen Namen und sagt, daß, falls es nicht ein Ende hat, meine Eltern davon in Kenntnis gesetzt werden würden.« Sie sprach mit kleinen Pausen und biß auf die Spitze ihres Taschentuches. Ihre Augen waren zu Boden gesenkt.

»Weshalb sagst du, daß es ein ›Er‹ ist?« fragte Knud, der sehr bedenklich aussah. »Ich bin fest überzeugt, daß der Brief von einem Frauenzimmer herrührt.«

»Aber deswegen bleibt es doch ebenso schlimm«, sagte sie leise.

»Ja, Margrete, mein Herzenskind! Ich verstehe sehr wohl, daß du dich erschreckt hast.« Er schlang die Arme um sie und zog sie an sich. »Aber du brauchst dich deswegen nicht zu beunruhigen. Anonyme Drohungen haben nichts zu sagen.«

»Aber wenn es nun dennoch geschähe?« flüsterte sie mit einem Schaudern.

»Wo ist mein mutiges kleines Mädchen geblieben?« Er legte den Kopf auf die Seite und sah ihr in die Augen.

»Ja, aber Knud!« sie zupfte an seinem Knopf. »Dies Ganze ist ja so unhaltbar! Eines Tages kommt es doch ans Licht, denn so etwas bleibt nie verborgen.«

»Darüber wollen wir uns jetzt noch nicht quälen«, sagte er und küßte sie.

»Ach ja, aber, Knud!« sie erhob den Blick und sah ihn flehentlich an, »du solltest dich doch lieber mit mir verheiraten.«

»Du weißt, daß es nichts auf der ganzen Welt gibt, was ich mehr wünschte, oder vielmehr, es ist das einzige, was ich ernstlich wünsche. Aber bedenke, wie schwer es für mich ist, mich loszumachen.«

»Es müßte sich aber doch machen lassen, Knud; es gibt ja so unzählige Menschen, die geschieden werden und sich dann wieder mit anderen verheiraten; und wenn du deine Frau nicht liebst und sie dich auch nicht – denn das tut sie doch nicht, wie, Knud?«

»Sie hat mich doch immerhin lieb, und dann sind da ja die Kinder, – und sich scheiden lassen – Wenn ich übrigens nur den Mut hätte, ihr die Wahrheit zu sagen und um meine Freiheit zu bitten! Ich glaube, Birgit würde sie mir sofort geben. Sie ist stolz genug dazu!«

»Dann sollst du es auch tun, Knud! Ja, du sollst! Es ist unrecht von dir, mich und mein Leben einer Schwäche zu opfern. Oder willst du etwa lieber, daß ich zu deiner Frau gehe und es ihr erzähle? Ich versichere dir, ich habe den Mut, es zu tun.«

»Ja, du hast recht«, sagte er in bestimmtem Ton. »Dies muß ein Ende haben. Aber nicht zu übereilt, meine Margrete. Ich verspreche dir, daß ich die allererste Gelegenheit benützen will.«

»Hab Dank, Geliebter«, rief sie herzlich aus. »Jetzt verlaß ich mich auf dich.«

»Aber dann mußt du auch ein heiteres Gesicht machen, Margrete! Lächle einmal! Dann will ich dir unsere Liebeshymne vorspielen – da, weißt du, entfliehen alle bösen Geister.«

»Wenn ich nur bei dir bin, ahne ich nicht mehr, daß es irgend etwas oder irgend jemand außer dir und mir auf der Welt gibt. Du sahest, wie glücklich ich war, als ich kam, obwohl ich gerade den anonymen Brief bekommen hatte. Erst als du anfingst, mich zu fragen, wurde ich wieder daran erinnert.« Sie warf sich ihm an den Hals und schmiegte sich fest an ihn, sein Antlitz mit langen, heißen Küssen bedeckend. Er legte seinen Arm in den ihren und fing an, mit ihr im Zimmer auf und nieder zu gehen, indem er Stühle und Tische mit dem Fuß beiseite schob und ihre Hand streichelte. So gingen sie schweigend einige Minuten.

»Wie süß ist es doch, zu leben!« sagte sie endlich und blickte träumend vor sich hin. »Ich bin das glücklichste Geschöpf, das jemals auf Gottes Erdboden gelebt hat.« »Mein Schatz!« flüsterte er mit einem Lächeln und preßte ihren Arm.

»Kannst du dir einen Zustand von Glückseligkeit denken,« sie sprach leise vor sich hin, gleichsam mit sich selber redend, »der so ganz und so vollkommen ist, daß er nicht das geringste ›Mehr‹ vertragen kann, keinen Platz dafür hat? Es ist, als müsse er zerspringen, verschwinden, in demselben Augenblick, in dem auch nur ein Atom hinzukommt. Es ist ein Jubel, der an Angst grenzt. Wer ihn aber einmal besessen hat, der muß sicher zugrunde gehen, falls er ein Ende nähme.«

»Du Herrliche,« sagte er, »du Auserwählte, die du Leidenschaft besitzest!«

»Ja, es muß Leidenschaft sein, wenigstens ist es ein alles verschlingendes Gefühl, das mich beherrscht. Zuweilen kann ich mich gleichsam entsetzen über seine vernichtende Macht, ja, denn es hat die Macht, mich zu vernichten, das weiß ich ganz sicher und bestimmt. Aber ich beuge mich dem Bewußtsein, daß es so ist, und wenn es mich einmal zermalmen will, so werde ich ohne Klage niedersinken, ohne jegliche Lust, mich zu retten!«

»Wie deine Worte mich beseligen, Margrete! Wenn du so redest, ist es mir, als würde ich hoch über mich selbst emporgehoben, an eine Stätte, wo es kühl ist und still und feierlich, und die Stimmung benimmt mich derartig, daß ich alles vergesse, selbst meine eigene Unwürdigkeit.«

»Wie kannst du nur von Unwürdigkeit reden! Glaubst du, daß ich über so etwas nachdenke? Du bist der Mann, den ich liebe!« Sie betonte jedes Wort und sah ihn mit einem strahlenden Blick an.

»Ja, Geliebte. Ich bin deiner unwürdig« – seine Stimme klang bewegt. – »Du bist so rein und zart, so frisch und unberührt, daß ich oft das Gefühl habe, es sei ein Verbrechen, mich dir zu nahen.« Er hielt inne, ergriff ihre beiden Hände und hielt sie vor sich. »Du bist zu mir gekommen mit deines jungen, unschuldigen Herzens großem, ursprünglichem Schatz an Liebe, während ich – ein Mann von vierunddreißig Jahren! Du hättest einen Halbgott haben müssen, der aus den Wolken herabgestiegen wäre und dir ein ätherreines Leben gegeben hätte. Und deshalb, Margrete, knie ich vor dir, wie ich es so oft getan. Ich will, daß du ein Gefühl haben sollst, als ließest du dich jedesmal herab aus deiner Herrlichkeit und höbest mich empor an deine göttergleiche Brust.«

Er war auf die Knie gesunken und streckte die Hände empor. Sie ergriff sie beide mit seligem Lächeln und preßte sie an ihren Mund, an ihre Augen. Dann schlang sie ihre Arme um ihn und versuchte, ihn zu sich emporzuziehen. Er stützte sich mit der Hand an ihrer Hüfte und richtete sich mit einer schnellen Bewegung auf.

»Heute gehörst du mir ganz?« fragte er dann.

Sie schloß die Augen und nickte, während ihr eine brennende Röte in die Wangen stieg und sich über ihren Hals ergoß ...

Eine Stunde später kamen sie Hand in Hand aus dem Musikzimmer. Margrete wollte ihre Überkleider anziehen, konnte sie aber nicht sogleich finden. Knud ging in den Vorsaal hinaus und kehrte mit ihrem Hut und ihren Handschuhen zurück.

»Aber mein Umhang?« sagte sie und sah sich nach allen Seiten um. »Ah, da liegt er auf der Erde! Ich erinnere mich, daß ich ihn auf die Staffelei hängte, dann muß er herabgefallen sein.«

Knud nahm ihn auf und hing ihn ihr um die Schultern. Dann gingen sie zusammen die Treppe hinab. Knud blieb im Torweg stehen, während Margrete die Straße hinabeilte, um eine Droschke zu nehmen. Nach Verlauf von einigen Minuten kam er heraus. Er sah sich nach allen Seiten um und schlug dann den entgegengesetzten Weg ein, voll von einem Gefühl überschwenglichen Glückes.

Birgit hatte indessen ihren Beschluß zur Ausführung gebracht. Ihre Schwiegermutter hatte ein paar Gäste zu Tisch gehabt, mit denen sie Kaffee trinken mußte, deswegen war sie erst mit dem Vieruhrzuge in die Stadt gekommen und gegen halb fünf in ihrer Wohnung gewesen.

Sie befand sich in einer sehr gespannten, fieberhaften Stimmung. Als sie vor der Entreetür stand, pochte ihr Herz heftig. Sie hatte den Wunsch, still und behutsam zu Werke zu gehen. Wenn sie daran dachte, daß Knud sie im Vorsaal hören und herauskommen würde, um zu sehen, wer es sei, und sie ihm dann plötzlich von Angesicht zu Angesicht gegenüberstände, dann bebte sie vor innerer Erregung. Sie wollte Zeit haben, sich zu sammeln und ihr Überzeug abzulegen. Wenn sie dann die Herrschaft über sich völlig gewonnen hatte, wollte sie hineingehen, ruhig und still, und sich niedersetzen und sagen: »Hör einmal, Knud, laß uns jetzt einmal ganz ernsthaft miteinander reden.«

Als sie in den Vorsaal gekommen war, stutzte sie bei dem Anblick eines Damenhutes, der auf dem Tisch lag. Sie nahm ihn auf und besah ihn. War das nicht Margrete von Falsetts Hut? Und da lagen auch ihre Handschuhe – diese langen, bronzegelben Handschuhe, die sie zu tragen pflegte. Also war sie jetzt da drinnen bei ihm.

Dann verhielt es sich doch so, wie man sagte: sie hatten geheime Zusammenkünfte! Das hatte sie doch nicht gedacht! Aber vielleicht wollte Margrete nur irgend etwas holen, was sie im Winter einmal hatte liegen lassen. Weshalb hätte sie dann aber Hut und Handschuhe abgenommen? Vorsichtig öffnete sie die Tür zum Wohnzimmer und schaute im Halbdunkel um sich. Ein schwacher Duft von Ixora schlug ihr entgegen. Dies war das Parfüm, das Margrete stets benutzte. Und was hing denn dort auf der Staffelei? Sie ging hin und untersuchte es. Margretes Umhang! Also keine Spur von Zweifel! – Die Türen zum Boudoir und zum Eßzimmer standen weit offen. Also waren sie im Musikzimmer. Was sollte sie nun tun? Geradeswegs hineingehen und ganz unbefangen scheinen und dann, wenn Margrete gegangen war, ihre Unterredung mit Knud haben? Ja, vielleicht war dies das beste, aber es würde immerhin eine peinliche Situation für ihn sein, wenn sie die Schwelle überschritt. Sie dachte einen Augenblick daran, sich fortzuschleichen, dann aber überkam sie ein unwiderstehlicher Drang, zu erfahren, was sie zueinander sagten. Sie zog die Schuhe ab und schlich leise durch die Stuben bis an die Tür des Musikzimmers. »Wenn sie mich nun überraschen,« dachte sie, »so will ich die Sache ganz kaltblütig nehmen und sofort sagen, weswegen ich gekommen bin. Vielleicht hole ich mir auch die Schuhe und gehe ganz unbefangen auf die Türe zu, so daß sie es hören und öffnen, um zu sehen, wer es ist.« Sie beugte sich vornüber, schob die geballten Hände zwischen die Knie, legte das Ohr gegen die Tür und horchte. So stand sie lange.

Ein paarmal löste sie die eine Hand, preßte sie gegen ihr Herz und atmete tief und lautlos.

Endlich richtete sie sich auf, reckte die Hände über ihren Kopf in die Höhe, wie um ihre Glieder zu strecken, und kehrte dann vorsichtig ins Wohnzimmer zurück: dort zog sie ihre Schuhe an und eilte von dannen, still und vorsichtig, wie sie gekommen.

»Heute gehörst du mir ganz«, flüsterte sie, indem sie die Treppe hinabging. Ihre Wangen waren weiß, und der Glanz der Augen war gleichsam erloschen.

Es war schändlich von Knud, sie so zu betrügen. Sie war erbittert gegen ihn. Er hätte Vertrauen zu ihr haben und ehrlich gegen sie sein können. Kannte er sie denn nicht genügend, um zu wissen, daß sie sich ihm um keinen Preis der Welt aufdrängen würde, wenn er sie selber los zu sein wünschte. Daß er eine andere liebte, das konnte sie ihm verzeihen, nie aber, daß er sie so betrogen hatte.

Nun ja, es konnte jetzt ja auch einerlei sein, sie trennten sich nun ja doch auf ewig. Was machte er sich wohl daraus, wie sie über ihn dachte? Sich auf ewig trennen – wie war es nur möglich, daß der Gedanke ihr das Herz so zusammenschnürte? Ach ja, da waren so viele Erinnerungen von dem Zusammenleben der ersten Jahre – so viele süße, strahlende Erinnerungen, die jetzt zu klaffenden Wunden wurden. Wenn sie sich jetzt von ihm losriß, so war das für sie, als begrabe sie einen heißgeliebten Verstorbenen, von dessen Leiche sie sich lange nicht hatte trennen können. Ja, denn ihre Liebe war schon lange tot gewesen, und sie hatte die Leiche alle die Jahre hindurch mit sich geschleppt, gleich der Tochter Ferdinands des Katholischen, die den entseelten Leichnam ihres Gatten nicht hatte beerdigen lassen wollen.

Bei einem Begräbnis flossen ja stets Tränen; folglich brauchte sie sich ihres Schmerzes nicht zu schämen. Aber es schnitt ihr ins Herz, daß sie so allein stand mit ihrer Trauer. Knud hatte sich rechtzeitig geflüchtet, er stand jetzt siegesbewußt da, eine junge Liebe im Herzen. Er war der Klügste von ihnen.

Ach, weshalb konnte sie sich dies nicht sagen, ohne sich innerlich vor Schmerz zu krümmen? Wenn sie nun wirklich die Birgit war, die sie sein wollte, so daß sie das Gelöbnis einlöste, das in den großen Gedanken lag, die sie auf diesem Gebiet von sich selber hatte, so mußte sie sich ja nur freuen, sich vom rein menschlichen Standpunkt darüber freuen, daß Knud so frisch dastand, fähig, ein neues Leben zu beginnen. Ja, das wollte sie auch, wenn sie nur Zeit gehabt hätte, sich ein wenig zu sammeln. Wenn er sie nur nicht betrogen hatte, würde auch kein Vorwurf über ihre Lippen gekommen sein, sondern nur ein Dank für all die Freude, mit der ihre gemeinsame Liebe einige Jahre ihres Lebens ausgefüllt hatte.

Unter diesen Betrachtungen hatte sie das Landhaus wieder erreicht. Sie konnte nicht begreifen, wie es zugegangen war, aber sie mußte ja ein Billett gelöst haben und mit der Eisenbahn gekommen sein, denn dort, gerade vor ihr, lag ja das Haus. Sie stieg die vier Stufen hinan, die zu der Veranda mit der blaugestreiften Markise führten, und dort auf der Bank sah sie Jamborg ganz allein sitzen, eine Zigarre im Munde, auf die See hinausstarrend.

Er erhob sich, sobald er sie erblickte, und begrüßte sie.

»Ich habe mir die Freiheit genommen, die Familie zu besuchen«, sagte er. »Bis dahin habe ich aber kein lebendes Wesen erblickt mit Ausnahme eines Stubenmädchens, das mir erzählte, daß die Herrschaften eine Spazierfahrt machten.«

Sie sah ihn an, ohne seinen Gruß zu erwidern.

»Sind Sie krank, Frau Birgit?« fragte er und betrachtete sie genauer.

Sie ging gerade auf ihn zu, und ehe er wußte, wie ihm geschah, hatte sie beide Arme um seinen Hals geschlungen und ihr Haupt an seine Schulter gelehnt. Ein krampfhaftes Weinen durchzuckte ihren ganzen Körper.

Er stand wie vom Blitz getroffen da und wagte es nicht, ein Glied zu rühren.

Mehrere Minuten lang weinte sie unaufhaltsam. Dann richtete sie sich auf, sah ihn mit tränengeblendetem Blick an und sagte: »Haben Sie Dank, mein Freund«, worauf sie sich abwandte und auf die Türe nach dem Gartenzimmer zuschritt.

Er eilte ihr nach und hielt sie am Kleide fest.

»Sie wünschen eine Erklärung«, sagte sie, stehen bleibend. »Ich kann Ihnen keine andere geben, als daß es mir ein Bedürfnis war, mich einen Augenblick an einen Mitmenschen anzuschmiegen, der mich lieb hat. Es war nichts weiter, und daß Sie die Sache so auffaßten, wie Sie es taten, das werde ich Ihnen nie im Leben vergessen.«

»Aber, so sagen Sie mir doch – ist Ihnen ein Unglück zugestoßen?«

»Nein«, sagte sie, den Kopf schüttelnd. »Es ist nichts weiter, als daß Knud und ich uns scheiden lassen. Mißverstehen Sie mich nicht, ich bin nicht verzweifelt deswegen, im Gegenteil, ich habe den Anstoß dazu gegeben. Aber trotzdem ist es eine große Veränderung im Leben eines Menschen. So etwas ist stets sehr angreifend.«

»Ach so«, sagte er ruhig. »Ich habe ja schon längst erwartet, daß es so kommen müsse.«

»Reden Sie vorläufig mit niemand darüber! Sie sind der erste, dem ich es gesagt habe.«

Er legte den Finger auf den Mund und sah sie mit einer Miene und einer Gebärde an, als wolle er sich ihr zu Füßen stürzen.

Sie machte eine abwehrende Bewegung mit der Hand, lächelte lief traurig und ging hastigen Schrittes ins Haus.

Am Abend, als sie alle im Hause zur Ruhe gegangen waren, saß Birgit noch in ihrem Schlafzimmer und schrieb an Knud.

Als sie endlich zu Ende gekommen war, lautete das Schreiben folgendermaßen:

»Lieber Knud! Wenn ich mich heute abend hinsetze, um Dir zu schreiben, so geschieht es mit der lebhaften Überzeugung, daß es mir schwer werden wird, meinen Gedanken und Gefühlen den richtigen Ausdruck zu verleihen. Dies hat seinen Grund darin, daß meine Stimmung so zusammengesetzt ist, und bald das eine, bald das andere die Oberhand bei mir hat.

Um meinen Worten den rechten Hintergrund zu verleihen, will ich damit anfangen, Dir für alle Deine Liebe zu danken. Du wirst vielleicht hierüber stutzen und Dich lange besinnen müssen, ehe es Dir klar wird, worauf ich hinaus will. Aber wenn Du Dir die Zeilen ins Gedächtnis zurückrufst, in denen es eine junge, neuvermählte Frau namens Birgit gab, die Ströme von Tränen vergoß, wenn ihr Gatte ausging, ohne ihr einen Abschiedskuß zu geben, und in denen dieser selbe Mann, der ein wenig zerstreut und von seiner Musik und seiner Arbeit stark in Anspruch genommen war, sich nicht davor scheute, weite Wege wieder zurückzulaufen, nur um seine dumme kleine Frau durch einen Kuß wieder froh zu machen, selbst wenn er sich dadurch oft recht unangenehme Verspätungen und Versäumnisse zuschulden kommen ließ, so wirst Du es sicher verstehen können, daß ich Grund habe, Dir für einen Schatz jahrelangen Liebesglückes zu danken.

Und dann kam die Zeit, in der Du mich nicht mehr liebtest. Es ist niemals offen zwischen uns ausgesprochen worden, aber sowohl Du als ich, aber insonderheit Du, wußten nichts besser und sicherer als das. Meine Liebe hielt länger vor als die Deine, aber sie hatte keinen großen Wert, denn sie war voller Eigenliebe. Sie glich einer Pflanze, die eitel Pflege und Düngung und Sonne und Wasser in reichen Mengen erforderte, und die, als ihr dies alles nicht wurde, zusammenschrumpfte und welkte und keine Blüten mehr trieb.

Du wunderst Dich vielleicht darüber, daß ich, Birgit, so an Dich schreibe. Aber ich habe über vieles gegrübelt und nachgesonnen in allen diesen Jahren, in denen Du und ich einander nichts anderes zu sagen hatten als ›Guten Tag‹ und ›Adieu‹.

Ich glaube, ich darf von mir sagen, daß ich mich mehr entwickelt habe, daß ich ausgewachsener bin, als ich es zu der Zeit war, als Du mich kanntest und Du mich liebtest. Und dann habe ich auch viel gelernt, damals, als ich das mit Arbo durchlebte. Du weißt, ich kam zu Dir und sagte, daß ich verliebt in ihn sei. Ich war nämlich der Anschauung, ich könnte nichts Schlimmeres, Unehrenhafteres tun, als Dich betrügen. Nachdem ich mich mit Dir ausgesprochen, hatte ich keinen unwiderstehlichen Zug mehr zu ihm. Ich hatte angefangen, daran zu zweifeln, ob denn meine Liebe auch wirklich derart sei, daß ich mich ihm notwendigerweise hingeben müsse. Und der Zweifel kurierte mich. Siehst Du, Knud, wenn ich mich nun auf ein Verhältnis mit ihm eingelassen hätte, ohne vorher Hilfe bei Dir zu suchen, so wäre ich sicher stromabwärts getrieben.

Das aber hast Du getan, Knud, und das werfe ich Dir vor. Wärest Du offen und ehrlich zu mir gekommen und hättest mir die Wahrheit gesagt, so würde ich Dir geantwortet haben: »Warte und sieh, ob es Dir ernst damit ist.« Und wenn dann einige Zeit vergangen wäre, und Du wärest wieder zu mir gekommen und hättest gesagt: »Ich habe gewartet, es ist mir ernst damit«, so würde ich Dir Deine Freiheit gegeben haben, und ich hätte Dir ohne alle Bitterkeit Lebewohl gesagt. Ich meine, so viel Rücksicht schulden zwei Menschen einander, die zusammen gelebt und durch die Pflichten gegen die Kinder eng miteinander verknüpft sind.

Du wirst jetzt verstehen, daß ich Dein Verhältnis zu Margrete von Falsen kenne. Du brauchst nicht zu denken, daß Dich jemand verklatscht oder angegeben hat. Ich entdeckte Deine Liebe zu ihr neulich abends in der Gesellschaft in Deinem Blick und in Deiner Miene. Wenn Du meine Gedanken in jener Nacht gesehen und meine Betrachtungen gekannt hättest, so glaube ich, daß Du mit mir zufrieden gewesen wärest. Ehe ich mich schlafen legte, faßte ich den Entschluß, am folgenden Tage in die Stadt zu fahren und Dir zu sagen, daß Du frei seiest. Ich tat es auch; als ich aber in unsere Wohnung kam, war Margrete bei Dir. Ich lauschte an der Tür und hörte alles. Verzeih mir, Knud! Es war vielleicht nicht fein von mir, aber es fügte sich ganz unwillkürlich so!

Und jetzt, Knud, wirst Du wohl begreifen, daß ich Dir diesen Brief schreibe, um Dir zu sagen, daß ich mich von Dir trennen will. Es wird viel Aufsehen und Skandal machen, aber wenn wir beide nur einig sind, so kann ja keine Macht der Welt uns daran hindern. Laß uns die nötigen Schritte in aller Stille vornehmen! Wenn es erst geschehen ist, finden Großmutter und alle die anderen sich leichter darein.

Ich nehme hiermit Abschied von Dir, Knud! Es ist leichter so. Wenn wir uns sehen, reden wir nur über die notwendigen geschäftlichen Fragen. Laß es so bald wie möglich geschehen!

Und so leb' denn wohl, Knud, Du, meine Jugendliebe! Du siehst, ich werde noch im letzten Augenblick sentimental. Und doch hatte ich mir so fest vorgenommen, es nicht zu sein. Es ist nur eine ganz unechte Rührung, die mich ergreift, ungefähr so wie die, welche Dich überkam, als Du Molbecks ›Ambrosius‹ sahest. Erinnerst Du

Dich noch, Knud, wie ärgerlich Du warst, weil Du im letzten Akt beinahe Tränen vergossest?

Denn im Grunde, Knud, freue ich mich, daß unser Zusammenleben ein Ende hat. Es war keine Freude mehr dabei. Und was die Kinder betrifft, die Du mir wohl überläßt, so glaube ich, daß ihnen der Aufenthalt in einem Heim, wo der Mangel an Liebe zwischen den Eltern die Atmosphäre kalt und nebelig macht, mehr Schaden zufügt als der Druck, den ein Bruch und Getrenntsein der Eltern auf sie ausüben wird. – Noch einmal, hab' Dank, alles Gute, Knud! Und werde so glücklich, wie ich es Dir wünsche!

Birgit.«

Am nächsten Tage erhielt sie einen Brief von Knud, der folgendermaßen lautete:

»Liebe Birgit! Deine Worte haben mich tief ergriffen. Niemals ist es mir in dem Maße wie jetzt klar gewesen, welchen Schatz ich in Dir besessen habe! Ich wurde so tief bewegt. Die glücklichen Jahre unseres ersten Zusammenlebens standen so deutlich vor mir. Und dann stiegen in mir die Reue und der Zorn auf, daß ich etwas verspielt habe. Es war mir, als sähe ich etwas Wertvolles aus meinem Leben vor meinen Augen fortgleiten und unwiderruflich im Dunkel verschwinden.

Aber ich will Dir gegenüber ganz ehrlich sein, Birgit. Ich empfand auch eine Erleichterung, ja, eine jubelnde Freude, nicht darüber, daß ich von Dir befreit bin, Birgit, sondern darüber, daß ich in der Lage sein werde, einst Margrete von Falsen als mein Weib heimzuführen. Ja, denn ich liebe sie, wie ich es niemals für möglich gehalten, daß ich ein weibliches Wesen lieben könne, nachdem ich *Dich* geliebt!

Ich habe Dich wegen mancherlei um Verzeihung zu bitten, Birgit! Ich weiß sehr wohl, daß ich meine Pflichten als Gatte Dir gegenüber nicht erfüllt habe. Was Du von dem Boot ohne Steuer sagst, paßt leider in gewissem Grade auf mich. Doch glaube ich, daß sich in dieser Beziehung eine Veränderung mit mir vollziehen wird.

Wie edel und hochherzig hast Du mir gegenüber gehandelt, Birgit! Mein ganzes Leben werde ich Dir dafür danken.

Vor einigen Jahren grübelte ich viel darüber nach, ob es nicht das Unglück unserer Ehe gewesen, daß Du Dich gar nicht für meine arme Musik begeistern konntest. Ich empfand es oft als Mangel, daß ich diese Seite von dem Inhalt meines Lebens nicht mit Dir zu teilen vermochte. Ich sage dies nicht, um Dir Vorwürfe zu machen. Du warst nun einmal so, wie Du warst. Aber Du verletztest mich unzählige Male in der ersten Zeit, indem Du mir erzähltest, wie gleichgültig und wertlos es Dir vorkäme. Darunter habe ich gelitten, Birgit; aber das hast Du niemals verstanden oder gewußt.

Daß ich Dir die Wahrheit verheimlicht habe – freilich habe ich Deine Vorwürfe deswegen verdient, und ich beuge mich schweigend vor Deiner Anklage. Ich habe lange gefühlt, daß es meine Verpflichtung sei, Dir alles zu offenbaren, aber es wurde mir so schwer, Mut zu fassen. Hab' Dank, Birgit, daß Du mir das erspart hast!

Die Kinder sollst Du natürlich behalten, wenigstens vorläufig. Solltest Du Dich wieder verheiraten – aber darüber können wir ja morgen reden. Ich bin von dem Wunsche beseelt, Dir in jeder Beziehung entgegenzukommen, Birgit.

Ja, morgen erwarte ich Dich. Willst Du mit dem Vieruhrzuge kommen, so werde ich am Bahnhof sein. Und dann gehen wir gleich zum Pfarrer.

Wie Du mir, so sende ich Dir mein Lebewohl schriftlich. Habe Dank für Deine Liebe, Birgit, und für das Gute und Schöne, das wir zusammen durchlebt haben. Habe Dank für die hochherzige Weise, mit der Du das Band zwischen uns lösest! Knud.«

Über tredition

Eigenes Buch veröffentlichen

tredition wurde 2006 in Hamburg gegründet und hat seither mehrere tausend Buchtitel veröffentlicht. Autoren veröffentlichen in wenigen leichten Schritten gedruckte Bücher, e-Books und audio-Books. tredition hat das Ziel, die beste und fairste Veröffentlichungsmöglichkeit für Autoren zu bieten.

tredition wurde mit der Erkenntnis gegründet, dass nur etwa jedes 200. bei Verlagen eingereichte Manuskript veröffentlicht wird. Dabei hat jedes Buch seinen Markt, also seine Leser. tredition sorgt dafür, dass für jedes Buch die Leserschaft auch erreicht wird.

Im einzigartigen Literatur-Netzwerk von tredition bieten zahlreiche Literatur-Partner (das sind Lektoren, Übersetzer, Hörbuchsprecher und Illustratoren) ihre Dienstleistung an, um Manuskripte zu verbessern oder die Vielfalt zu erhöhen. Autoren vereinbaren direkt mit den Literatur-Partnern die Konditionen ihrer Zusammenarbeit und partizipieren gemeinsam am Erfolg des Buches.

Das gesamte Verlagsprogramm von tredition ist bei allen stationären Buchhandlungen und Online-Buchhändlern wie z. B. Amazon erhältlich. e-Books stehen bei den führenden Online-Portalen (z. B. iBookstore von Apple oder Kindle von Amazon) zum Verkauf.

Einfach leicht ein Buch veröffentlichen: **www.tredition.de**

Eigene Buchreihe oder eigenen Verlag gründen

Seit 2009 bietet tredition sein Verlagskonzept auch als sogenanntes "White-Label" an. Das bedeutet, dass andere Unternehmen, Institutionen und Personen risikofrei und unkompliziert selbst zum Herausgeber von Büchern und Buchreihen unter eigener Marke werden können. tredition übernimmt dabei das komplette Herstellungs- und Distributionsrisiko.

Zahlreiche Zeitschriften-, Zeitungs- und Buchverlage, Universitäten, Forschungseinrichtungen u.v.m. nutzen diese Dienstleistung von tredition, um unter eigener Marke ohne Risiko Bücher zu verlegen.

Alle Informationen im Internet: **www.tredition.de/fuer-verlage**

tredition wurde mit mehreren Innovationspreisen ausgezeichnet, u. a. mit dem Webfuture Award und dem Innovationspreis der Buch Digitale.

tredition ist Mitglied im Börsenverein des Deutschen Buchhandels.

Dieses Werk elektronisch lesen

Dieses Werk ist Teil der Gutenberg-DE Edition DVD. Diese enthält das komplette Archiv des Projekt Gutenberg-DE. Die DVD ist im Internet erhältlich auf **http://gutenbergshop.abc.de**